·青少版经典名著书库·

少年维特的烦恼

[德国]歌德 著 爱德少儿编委会 编译

爱德少儿编委会

主　编：童　丹
副主编：陈慧颖
编　委：安　心　董　悦　方舒梦　郭怡杉
　　　　雷蕴涵　李　恒　李可宜　刘国华
　　　　任仕之　桑一诺　沈　晨　向志楠
　　　　许　超　杨　丹　张重庆

浙江古籍出版社

图书在版编目（CIP）数据

少年维特的烦恼／（德）歌德著；爱德少儿编委会编译. —杭州：浙江古籍出版社，2022.11
（青少版经典名著书库）
ISBN 978-7-5540-2306-8

Ⅰ.①少… Ⅱ.①歌… ②爱… Ⅲ.①书信体小说—德国—近代 Ⅳ.①I516.44

中国版本图书馆 CIP 数据核字（2022）第 110515 号

少年维特的烦恼

［德国］歌德 著　　爱德少儿编委会 编译

出版发行	浙江古籍出版社
	（杭州体育场路 347 号　电话：0571-85068292）
网　　址	https://zjgj.zjcbcm.com
责任编辑	潘铭明
责任校对	张顺洁
装帧设计	爱德少儿
责任印务	楼浩凯
照　　排	湖北省爱德森森文化传播有限公司
印　　刷	河南华彩实业有限公司
开　　本	700mm×990mm　1/16
印　　张	10.5
字　　数	155 千字
版　　次	2022 年 11 月第 1 版
印　　次	2022 年 11 月第 1 次印刷
书　　号	ISBN 978-7-5540-2306-8
定　　价	20.00 元

如发现印装质量问题，影响阅读，请与印刷厂联系调换。

前 言

歌德(1749—1832),德国近代杰出的诗人、作家和思想家,被公认为是继但丁和莎士比亚之后西方精神文明的卓越代表。

1765年歌德去莱比锡大学攻读法律,1768年因病辍学。1770年进入斯特拉斯堡大学继续攻读法律,获法学博士学位。1774年发表《少年维特的烦恼》,声名大噪。1775年他应邀到魏玛担任枢密公使馆参赞,1779年被提升为枢密顾问。在随后直到1786年这段时期里,他成了魏玛公国的重臣。他在1786年秋不辞而别,化名前往意大利,直到1788年6月才返回魏玛。回到魏玛之后,他辞去政治职务,只负责文化艺术方面的工作。他先后完成了戏剧《哀格蒙特》《托夸多·塔索》,并着手写第一部《浮士德》。1794年歌德开始与席勒合作,他俩以各自的创作,把德国文学推向前所未有的高度。

歌德一生著作颇丰,一度蜚声文坛。他发表了大量的诗歌、诗剧、散文、评论等,被誉为"欧洲启蒙运动后期伟大的作家"。同时,歌德还是一个科学研究者,而且涉猎的学科很多:有动植物形态学、解剖学、颜色学、光学、矿物学、地质学等,并在个别领域取得了令人称道的成绩。歌德还是一位相当有造诣的画家。

《少年维特的烦恼》是歌德结合时代背景、根据自身的亲身经历创作的一部小说。本书以书信的独特形式讲述了维特的爱情故事。这部小说歌德只用了四周就完成了。小说一发表就在当时社会引起了广泛讨论,整个欧洲都出现了"维特热"。小说描写了进步青年维特爱上了已经订婚的姑娘绿蒂,深感痛苦的他决定离开绿蒂,寄情于事业,希望从中得到解脱。但他与污浊、鄙陋、压抑的社会环境格格不入,在爱情失败、事业受挫、为世人所唾弃的多重打击下,维特最后一次看望已经结婚的绿蒂后,用一颗子弹结束了自己年轻的生命。

　　小说揭露和批判了当时德国社会许多不合理的现象,表达了觉醒的德意志青年一代的革命情绪。歌德因《少年维特的烦恼》蜚声国际,它的出版被认为是德国文学史上一件划时代的大事,震撼了德国乃至欧洲一代青年的心。

目录
CONTENTS

上 篇

1771年5月4日 ……………	1
5月10日 …………………	3
5月12日 …………………	4
5月13日 …………………	5
5月15日 …………………	5
5月17日 …………………	6
5月22日 …………………	9
5月26日 …………………	11
5月27日 …………………	13
5月30日 …………………	15
6月16日 …………………	17
6月19日 …………………	26
6月21日 …………………	27
6月29日 …………………	29
7月1日 ……………………	31
7月6日 ……………………	36
7月8日 ……………………	38
7月10日 …………………	38
7月11日 …………………	39
7月13日 …………………	40
7月16日 …………………	41
7月18日 …………………	42
7月19日 …………………	43
7月20日 …………………	43
7月24日 …………………	44
7月25日 …………………	45
7月26日 …………………	45
7月30日 …………………	46
8月8日 ……………………	48
8月10日 …………………	50
8月12日 …………………	51
8月15日 …………………	58
8月18日 …………………	59
8月21日 …………………	61
8月22日 …………………	62
8月28日 …………………	63
8月30日 …………………	64
9月3日 ……………………	65
9月10日 …………………	66

下 篇

1771年10月20日 …………	71
11月26日 …………………	73
12月24日 …………………	73
1772年1月8日 ……………	77
1月20日 …………………	77
2月8日 ……………………	79
2月17日 …………………	80
2月20日 …………………	81

3月15日	…………………… 81	10月19日	…………………… 105
3月16日	…………………… 85	10月26日	…………………… 105
3月24日	…………………… 86	10月27日	…………………… 106
		10月30日	…………………… 107

有关信息

		11月3日	…………………… 107
4月19日	…………………… 88	11月8日	…………………… 109
5月5日	…………………… 88	11月15日	…………………… 109
5月9日	…………………… 89	11月21日	…………………… 111
5月25日	…………………… 91	11月22日	…………………… 111
6月11日	…………………… 91	11月24日	…………………… 112
6月16日	…………………… 92	11月26日	…………………… 113
6月18日	…………………… 92	11月30日	…………………… 113
7月29日	…………………… 93	12月1日	…………………… 117
8月4日	…………………… 94	12月4日	…………………… 118
8月21日	…………………… 94	12月6日	…………………… 119
9月3日	…………………… 95		

编者致读者

9月4日	…………………… 95	12月12日	…………………… 127
9月5日	…………………… 98	12月14日	…………………… 129
9月6日	…………………… 99	12月20日	…………………… 130
9月12日	…………………… 99		
9月15日	…………………… 100	《少年维特的烦恼》读后感 … 157
10月10日	…………………… 103	参考答案	…………………… 159
10月12日	…………………… 103		

上 篇

1771年5月4日

> 能诗善画、热爱自然、多愁善感的维特，为了摆脱心中的忧愁与烦闷，告别挚友、亲人和生活的城市，来到一个风景宜人的偏僻小山谷。

我真高兴自己终于离开了！我的好朋友，人的心真是怪得令人难以捉摸！离开了你，离开了我如此深爱的你，离开了让我恋恋不舍的你，我居然会感到高兴！我知道，你不怪罪我。无奈我总是深陷感情的泥潭，无法自拔。我的心飘摇无依，惶惶不可终日，这难道是命运的安排？

可怜的莱奥诺蕾[原型是歌德在斯特拉斯堡学舞时认识的舞蹈老师的大女儿。舞蹈老师有两个女儿，姐妹俩都爱上了歌德，而歌德更钟情于妹妹]啊！可我没有做错呀。正当我欢愉地欣赏她妹妹特有的魅力时，她那颗可怜的心却对我产生了感情，这是我的错吗？不过，我真的全然没错吗？没有放任她对我的情感吗？对于她那种出自心底的纯真可爱的话语，我往往情不自禁地开怀大笑，那些话语其实没那么好笑，但我不是照样以此为乐吗？难道我不曾……[名师点睛：莱奥诺蕾喜欢上了维特，而维特对莱奥诺蕾的妹妹更加欣赏。这里连用多个反问句，反映了维特对自己行为的反思和内心的自责。]

唉，人呀……只是一味地自我抱怨又有什么用！我保证，亲爱的朋友，我要改过自新，我不再一遍又一遍地不停地回味命运给予我的那么一丁点儿伤痛和不幸。逝去的就让它逝去吧，我要珍惜和享受现在。我的朋友，你说得太对了：假如人们不执着于追忆往昔的不幸，而是努力地

少年维特的烦恼

忍受现状熬过眼前,那么人的痛苦就会小得多。但是,人们为什么总是想不通呢?

请你务必转告我的母亲,我一定尽力把她的事情办妥,并尽快给她回复。而且我已经和我的姑妈见过了,我发现她压根儿不是家里所形容的那种人。她是一个急性子,但是心肠特别好。我向她转述了母亲对部分遗产扣着不分的气恼,她也很友好地和我分析了她这样做的理由,并且提出了将遗产交出来的条件,只有在这些条件都满足的情况下她才肯拿出全部遗产,这些遗产比我们要求的还要多。总之,我现在不想说这些。请转告我母亲,一切都会圆满解决的。我的朋友,通过这件小事情,我又得到了一个结论,在这个世界上,误解和懈怠也许比奸诈和恶意还要坏事。至少可以肯定,后两者比前两者要少见。【写作借鉴:维特从误解姑妈这件事上得到了启示,发表的议论深化了文章的主旨。】

另外,我在这里一切都好。在这天堂般的环境里,寂寞是一剂治疗我心灵的良药,而这韶华时节正以它明媚的春光温暖着我那颤抖着的、孤冷的心。林木和树篱上繁花似锦,突然之间,我好想变成一只金甲虫,遨游于芬芳馥郁的香海里,尽情地吸吮花蜜。

这小镇本身并不是理想的居所,但它周边的自然环境却有着说不出的美妙。难怪已故的M伯爵会把他的花园建在这里的小丘上。一座座小山坡在城外交错纵横,千姿百态,美不胜收,山坡与山坡之间还构成一道道幽静宜人的峡谷。【写作借鉴:环境描写,从中可以看出维特对小镇周围自然环境的满意以及他愉悦的心情。】花园布局简单,一进门便可感觉出绘制蓝图的并非某位高明的园艺家,而是一个具有敏感的普通心灵的人,以便在孤寂中寻求安慰。对于这座废园的已故主人,我已在那破败的凉亭中洒下了不少追忆的眼泪,这凉亭是他生前最爱逗留的地方,如今也成了我流连忘返的处所。不久我便会成为这花园的主人,看园人已对我产生好感,而且他表示一定会忠于职守。

Y 阅读与思考

1. 从这封信中可以看出,作者刻画的维特有着怎样的内心世界?
2. M 伯爵的花园有什么特征?

5 月 10 日

M 名师导读

> 维特被这个偏僻小山谷的优美景色迷住,他痴情于这里的一草一木,并沉浸其中。

一种很奇妙的快乐仿佛渗透了我的灵魂,使得它像我正倾心爱慕的春日清晨般甜蜜惬意。我独自一人在这专门为我这样的人创造的地方感受着生活的欢欣。我是多么幸福呀,我亲爱的朋友,我已经完全地沉浸在这宁静生活的感受之中,以至于把自己的艺术也搁置在一边了。我目前无法作画,一笔都不成,而此刻,我却离成为一个伟大的画家更近了。

每当雾霭从秀丽的山谷里冉冉升腾,高悬的太阳照耀在浓荫密布的森林中,只有几束阳光悄悄潜进林荫深处时,我便卧躺在山涧那飞跌而下的溪水边的葳蕤(wēi ruí)[形容枝叶繁盛]的野草中,而当我发现我的心更贴近草丛间熙熙攘攘的小天地,贴近各种虫豸蚊蝇千差万别、不可胜数的形状时,我能感觉到造物主的存在,他根据自己的形象创造了我们,我甚至能感觉到那个飘逸的将我们带进永恒欢乐中的造物主的呼吸,他支撑我们在永恒的欢乐中翱翔。【名师点睛:山谷清晨宁静的环境氛围让维特整个身心得到放松,他感到从未有过的快乐。】

我亲爱的朋友啊!每当暮色朦胧,周围的世界以及天空就好像情人的倩影一般憩息在我心灵中,此时的我往往会触景生情,思忖:啊,你要

少年维特的烦恼

是能把这一切重现，要是能将你心中如此丰富、如此温馨的情景写在纸上，使之成为你心灵的镜子，那该多好，我亲爱的朋友！不过，我要是真这样做了，我的魂魄必将陨灭在这些宏伟壮丽的景象的威力下。

阅读与思考

1. 维特在这个偏僻的山谷里有怎样的感受？
2. 山谷里有哪些瑰丽的景象？

5月12日

名师导读

维特为什么会对花园前的一汪清泉着迷呢？

我不知道是因为这个地方真有迷惑人的精灵呢，还是因为我内心温馨、美妙的奇想，竟觉得已经置身天堂。在这天堂的一角，有一汪清泉，我像仙女梅露茜娜[法国古代传说中的人鱼水妖，其上部为女身，下部为鱼形]和她的姊妹们似的，迷上了它。

走下一座小山，就来到了一座拱顶亭子前，再往下走二十级台阶，便看见一股清泉从大理石岩缝中汩汩涌出。泉水四周砌了矮矮的井栏，许多高耸大树的浓荫覆盖着周围的地面，凉爽宜人。这里的一切既让人流连忘返，又令人悚然心悸。【写作借鉴：场景描写，这里的一切让维特赏心悦目，表现了他热爱大自然、崇尚自由的性格。】

每当我在那里静坐时，古代宗法社会的理想场景便会在我的脑海里出现，先祖们如何在井泉畔订立联盟、举行庆典，善良的精灵们又是如何在井台和泉水上空翱翔。谁要是不曾在这炎热夏日艰辛跋涉后体验过井泉畔的清凉，就无法体会我现在的感受。

5月13日

M 名师导读

在这个偏僻小山谷,维特不需要书籍的安慰与沉淀,而是沉醉在自己的精神世界里,追求内心的平静。

你问,是否要帮我把书籍寄来——亲爱的朋友,我求你看在上天的分上,别让它们来烦扰我。我不想再要什么指导、鼓舞和激励,我这颗心本身就已经够热血沸腾的了。[名师点睛:维特在家乡时,时常被母亲和朋友激励、鞭策。这个细节刻画了维特不屑于俗事的烦扰,追求内心平静的愿望。]我需要的是催眠曲,而这些,我在《荷马史诗》[相传是由古希腊诗人荷马创作的两部长篇史诗《伊利亚特》和《奥德赛》的统称]里已找到了不少。我经常轻声吟唱它们,只为平息我内心的愤激之情。你可能没有见过像我这样的一颗心:反复无常、捉摸不定。亲爱的朋友,你见我时常忽忧忽喜,从甜蜜的感伤忽然转为疯狂的激情,那时你在替我担着多大的心,这不用我多说。我时常把这颗心视为一个病儿,随它任性而为。这些情况请不要告诉别人,要不然准有人要怪罪我的。

Y 阅读与思考

维特在《荷马史诗》中感受到了什么?

5月15日

M 名师导读

身处异地的维特能与当地的百姓友好相处吗?他为什么对那些权贵如此憎恶呢?

少年维特的烦恼

当地的老百姓已经认识我了,并且很喜欢我,尤其是孩子们。我刚认识他们的时候,时常向他们客气地问这问那,于是有些人就以为我是想嘲笑他们,便十分粗暴地将我赶走。对此我虽然不是很生气,但对我以前常说的一些事有了更加深刻的认识:凡是有点地位的人,总对普通老百姓采取疏远的态度,他们好像以为接近老百姓会降低他们的身份;还有一些浅薄之辈和调皮捣蛋的家伙,总是装出一副纡尊降贵的模样,好显示他们的地位,这样让老百姓更感他们的傲慢。【名师点睛:将维特与当地人的交往和某些"有点地位的人""浅薄之辈"与百姓的交往相对比,从侧面反映了维特待人平等,以及对那些高高在上的人的厌恶。】

我清楚地知道,我与他们不是一类人。而且,我认为如果谁觉得自己有必要疏远所谓的草民以保持尊严,那他就跟一个害怕失败而躲避敌人的懦夫一样可耻。

最近我去井边时,看见了一个年轻的女仆,她把水罐放在最低一级台阶,回头张望,看看有没有女伴来帮她把水罐放上头顶。我走下台阶,望着她。"要我帮忙吗,姑娘?"我问。——她满脸通红。——"噢,不用,先生!"她说。——"别客气。"——于是,她摆正头上的垫圈,我帮她放上水罐。她说了声"谢谢"后便登上石阶走了。

Y 阅读与思考

1. 某些有地位、浅薄的人对百姓是什么态度?
2. "我"在井边做了一件什么事?

5月17日

M 名师导读

在这个小山谷,维特认识了形形色色的人,包括一个名叫V的青年和一位法官……维特对他们有怎样的评价呢?

现在我已结识了各式各样的人,但知心的朋友却尚未找到。我不知道自己究竟有什么地方吸引人,居然使那么多人喜欢我、亲近我。与此同时,我又为往往只能和他们同行一小段路而感到难过。你要是问这儿的人怎么样,我会对你说跟别处的一样!人都是一个模子里造出来的。多数人为了生活而消耗掉绝大部分时间,剩下的时间却令他们犯了闲愁,非得挖空心思、想方设法把它打发掉。唉,这就是人的命运!

不过,他们都是一些挺好的人呀!我常常忘我地和他们待在一起,共享人间尚存的乐趣:或一起品尝佳肴,酣饮醇醪(láo)[味厚的美酒],坦诚畅叙,开怀大笑;或适时安排郊游、组织舞会等,这一切对我的身心都颇有裨益。【写作借鉴:运用排比的修辞手法,反映了维特在山谷里与当地人关系融洽,一起愉快地生活,这些都给他的身心带来裨益。】只是我未曾想到,我身上还有那么多剩余的力量,不仅未获施展还日益枯萎,这使我不得不小心翼翼地将它们掩藏起来。唉,一想到这些,我的心里就一阵难受。可有什么办法呢!被人误解,这是我们这样的人命中注定的。【写作借鉴:运用暗讽。歌德本人就是位激情四射、藐视世俗的年轻人,和维特一样,他也为遭人误解而愤慨。】

唉,我青年时代的女友已离开人世!我与她曾经相识,而如今我只想对自己说:"你是个傻瓜!你在追逐人世间并不存在的东西!"

但是,我确实曾拥有过她,也曾感知过她那颗活跃的心以及那个伟大的灵魂。好像只要有她在,我就觉得我的境界比我实际的要高出许多,因为在她身边,我能成为自己所要成为的人。啊!难道那时我灵魂中还有一丝力量不曾发挥吗?难道我不曾在她面前抒发我全心全意拥抱自然的整个奇妙感情吗?难道在我们的交往中不是持续不断地织进了最纤细的感情、最敏锐的睿智,直至妙趣横生的谐谑和胡闹?难道这一切不全都打上了天才的印记?而如今……唉,岁月啊,她长我的几年岁月,竟将她先于我带进了坟墓。我永远忘不了她,永远忘不了她那坚定的意志和非凡的宽容。【名师点睛:直接抒情,维特想起曾经的恋人,仍

少年维特的烦恼

心痛不已,表明他对逝去的女友的怀念,这也正是他来到这个山村的原因。]

几天前,我遇到了一个叫V的青年,他为人坦率,脸也很俊俏。他刚大学毕业,虽然不自命不凡,但也总是觉得自己比别人知道得多。我从各方面观察过他,他很勤奋,学问也不错。他听说我会画画而且懂希腊文,便跑来找我,向我炫耀他的渊博学识,从巴托[法国美学家]谈到伍德[英国研究荷马的学者],从德·皮勒[法国美术理论家]谈到温克尔曼[德国考古学家和艺术史家],并向我保证,他已通读过苏尔策[瑞士美学家]的《艺术总论》第一卷,还收藏了一份海纳[德国古典语言学家]研究古希腊文化的手稿呢。我没去搭理他,任他吹得天花乱坠。

我还认识了一位很高尚的人,他是侯爵在此任命的法官[指小说女主人公绿蒂的父亲],一位坦率、正直的人。有人说,他和他九个孩子在一起的情景,十分令人赏心悦目;尤其是他的大女儿,人们更是交口称赞。他已邀请我去他家玩,我也打算近日去拜访他。他住在侯爵的一座猎庄里,离此地一个半小时的路程,他是在妻子去世后获准迁居到那儿的,因为再住在城里的官邸会让他触景伤情。

此外,我还遇到了几个怪里怪气的人,他们的一言一行都令人憎厌。而他们见了你那股热乎劲更让你受不了。

好了!这封信你一定会满意的,因为这上面写的全是真人真事。

知识考点

1. 填空题。

我常常忘我地和他们待在一起,共享人间尚存的乐趣:或一起_____,_____,坦诚畅叙,开怀大笑;或适时_____、_____等,这一切对我的身心都颇有裨益。

2. 判断题。

(1)青年V刚从大学毕业,为人勤奋,也很有学问。 (   )

(2)人们对法官的二女儿赞不绝口。 (   )

3. 问答题。

法官为什么要搬到侯爵的猎庄里去住?

_____

_____

阅读与思考

1. 维特颇受当地人的喜爱,这与他的性格有什么关系?
2. "尤其是他的大女儿,人们更是交口称赞",这句话起什么作用?

5月22日

名师导读

> 维特虽然在安静的山村中享受着自然的馈赠,但是也对当时的现实社会怀着深深的厌恶,并由此产生思考。维特心中的幸福到底是什么呢?

最近这一段时间,我常感觉自己仿佛活在梦中。每当我看到人类创造力和探索力受到禁锢时,每当我看到人们把他们的精力全都耗费在设法满足自己的私欲时,我发现一切试图探索理想目标以获得慰藉的行动都是枉然的,比一个被囚禁的人在狱墙上描绘各种彩色人像和明丽的风光还要不现实。【名师点睛:作者借维特之口强烈地批判了18世纪的德国社会,讽刺了那些唯利是图的世俗庸人。】威廉呀,我亲爱的朋友,我对这一切只好缄默无言,因此,我又回到自己的心灵深处,却在那儿找到了一个新的世界。我沉入隐秘的欲望,而无力去显露鲜活有力的生机。世界在我的感官面前显得迷离惝恍(chǎng huǎng)[迷迷糊糊;不清楚],而我如在梦中,微笑着陷进这个世界。

满腹经纶的教授和学究们一致断定,孩子们并不懂得他们所欲为

▶ 少年维特的烦恼

何。成人也同孩子一样在这个世界上到处磕磕绊绊，劳碌奔忙，不知道自己来自何处，欲往何方，办事也无真正的意向，只好受饼干、糕点和桦木鞭子的支配。这观点谁也不愿相信，然而我却觉得，这是显而易见的。

我知道，你听了这话一定会跟我讲些什么，所以我愿向你承认，<u>像儿童般懵懂活着的人是世上最幸福的人</u>，整天带着玩具娃娃东转西跑，给娃娃脱了穿，穿了脱，瞪大眼睛在妈妈放甜面包的抽屉周围悄悄转悠，一有机会拿到甜面包，便将嘴里塞得满满的，鼓着腮帮吃掉，并且嚷嚷："还要，还要！"——这些人是幸福的。【名师点睛：维特理解的幸福就是像孩子那样简单的幸福——无忧无虑，没有受到尘世喧嚣的影响，纯真而又快乐。】还有一些人也是幸福的，给自己的愚蠢事业或者干脆是个人私欲贴上华丽标签，将其美化为造福人类的伟大行动。——能这样做的人，愿他们是幸福的吧！

但是，如果一个人能不怀奢望地看到这一切的后果，能看到把自己的小花园装点成伊甸园是那些老实规矩的居民的幸福，能看到还有一些人，即使幸运女神很少眷顾，不管如何喘息不定，仍然坚定不移地前行，所有人都渴望能多看一分钟太阳的光辉——那么，他的心境就会是平静的，他也从自己的心里创造了一个世界，他也是幸福的，因为他是人。所以，无论受着怎样的束缚，他心里始终深怀美好的自由之感，他知道，他随时都可以离开这个樊笼。【名师点睛：表明维特崇尚人性的自然与自由，独立不羁，追求个性解放。】

Y 阅读与思考

1. 维特是如何批判当时德国封建社会的腐朽和没落的？
2. 本章刻画了维特怎样的性格特征？

5月26日

M 名师导读

维特的生活环境非常简陋,但自然风景十分美丽,最令维特满意的还是那两株大菩提树。他在菩提树下做了什么?想到了什么?

你是知道我的,但凡见到合心意的地方,我就会停下来,在此建筑符合我心意的小屋,其他条件一概不深究。现在,在这里我也发现了一个非常吸引我的地方。

那个地方就是瓦尔海姆,离城大概有一个小时的路程。它坐落在一个景色十分诱人的小山冈上,当你走上通往村庄的小路时,整个山谷便都呈现在了你的眼前。这里的女主人是一位上了年纪但殷勤好客、古道热肠的人,她这里提供葡萄酒、啤酒和咖啡。

但最令人陶醉的是那里的两株大菩提树,它们那枝丫伸展出来,覆盖了教堂前面的小农场,如此令人神往却又不惹人注意的地方真是少见。我常常搬来小桌子、小椅子,坐在树荫下喝我的咖啡,读我的《荷马史诗》。【写作借鉴:此处为环境描写。美丽的环境、幽静的氛围让维特感到十分惬意与舒适。】

有一次,在一个风和日丽、阳光明媚的午后,我在菩提树下发觉此处居然很冷清,原来大家都下地干活去了,只有一个四岁左右的男孩坐在这里,他的两膝之间还坐着一个半岁左右的幼儿。男孩的两臂把幼儿搂在胸前,像一张靠背椅似的,黑眼珠左顾右盼,水灵灵的。我俨然被这景象迷住了,于是在他们对面的一张犁上坐下,兴致勃勃地画下这幅兄弟友爱的图来。我把他们身后的篱笆、仓房门以及几个破轱辘也画上了,全都依照本来的顺序。花了一个小时,我便完成了一幅布局完美、构图有趣的素描画,其中没有掺进我本人一丁点儿的东西。【名师点睛:眼前

少年维特的烦恼

人与自然和谐相处的场景，让维特灵感涌现，自然而然完成画作，说明维特有绘画的天分。】

　　这次的经历，坚定了我皈依自然的决心，唯有自然才是无限丰富的，唯有自然才能造就伟大的艺术家。规章法令确实有许多好处，正如人们称颂市民社会的种种好处一样，但一个只知道遵纪守法的人，是绝对不会描绘出拙劣乏味的作品的，就像一个遵纪守法的市民绝对不会是个坏邻居或者无赖流氓。但这一切的规则却恰恰破坏了人们对自然的感情和对自然最真实的表达。你有可能会说"你太极端啦，一切的规章制度只不过是约束，避免你的枝蔓疯狂蔓延"之类的话。

　　我的朋友，我给你打个比方好吗？比如谈恋爱。如果一个小伙子倾心于一个姑娘，整天都厮守在她身边，耗尽了全部的精力和财产，只为时时刻刻向她表示自己的倾慕之情。这时，出现了一个小官僚，他对小伙子讲："年轻人呀！恋爱是人之常情，但你也得有个分寸吧！你把你的时间合理分配一下，一部分用于工作，剩余部分拿去陪你心爱的人；好好算一算自己的财产，除去必要的开销，剩下来的我倒不反对你拿去买件礼物送给她，但也不要太频繁了，在她生日或重要节日时送送就够了。"

　　如果小伙子听从了，社会上就多了一个有为的青年，我甚至可以向任何一位君侯推荐，给他一个职位。不过他的爱情算是完了，如果他是艺术家，那么他的艺术也算完了。唉，我亲爱的朋友！为什么天才的激流如此难以冲开堤堰，难以奔腾澎湃，难以掀起巨浪，震撼你们惊异的灵魂？

　　亲爱的朋友，那是因为在这巨流的两边岸上，住着一些头脑冷静的老爷们，他们早在自己的亭园、花畦、苗圃周边筑好了堤、挖好了沟，以防被洪水冲毁。【写作借鉴：将封建卫道士比作高高在上的老爷，表现了他们对如洪水般的新思想、新观念、新潮流会冲毁固有的思想领域的恐惧，并对它们多加防范。】

Y 阅读与思考

1. 维特的爱情观是怎样的？
2. 看到男孩抱着弟弟，维特把他们画了下来，试分析维特这一举动背后的含义。

5月27日

M 名师导读

在观察两个孩子时，维特遇到了一个年轻妇女，通过一番交谈，他从这位妇女的身上读到了生活的智慧。他们谈了些什么呢？

我只顾着打比方，发议论，忘了把这两个孩子后来的情况给你讲完。我在犁头坐了有两个小时，我完全沉浸在绘画中，昨天的信中已经跟你讲了一些。

到了傍晚的时候，一个年轻妇女手挽着一个挎篮朝坐着的两个小孩走去，还隔着老远就喊道："菲利普斯，你真是个乖孩子！"

随后，她转身向我问好，我道了谢，站起身走向她，问她是不是孩子们的妈妈。她点点头，一边给男孩半个面包，一边抱起幼儿，满怀爱意地亲吻着他。【写作借鉴："给""抱""亲吻"这些温暖的动作构成一幅温情的画卷。】

"我把小儿子交给我的菲利普斯照顾，"她说，"自己跟大儿子一块儿进城去买面包、糖和熬粥的砂锅去了。"

在她那掀开了盖子的挎篮中，我看见了她说的这些东西。

"我打算晚上给小汉斯（这是那个最小的孩子的名字）熬点粥喝。我那大儿子是个淘气鬼，昨天跟菲利普斯争剩粥吃，把锅给砸啦！"【名师点睛：两兄弟因争粥吃而砸破锅的淘气画面如临眼前，让人忍俊不禁。】

我问她，她的大儿子现在在哪里，她说他在草地上放鹅。话音刚落，

13

少年维特的烦恼

他就一蹦一跳地跑来了,给他大弟弟带来了一根榛树鞭子。

我和这位妇女又聊了一会儿,了解了她是一所学校的教师的女儿,她的丈夫因为要继承堂兄留给他们的遗产到瑞士去了。"他们想骗他的这笔遗产,"她说,"连回信都不给他,所以他只好亲自去瑞士处理了。希望他不要有任何的麻烦,我也一直没得到他的任何消息。"和这位妇女分别时我心情颇为沉重,所以离开时,我给每个小孩一枚克罗采[从前在南德和奥地利流通的一种硬币],最小孩子的一枚给了他的妈妈,待她下次进城时给他买个面包就着粥吃,随后我们便道别了。【名师点睛:维特给每个小孩一枚克罗采,刻画出维特善良的美德。】

告诉你,我亲爱的朋友,每当我心烦意乱时,只要看见一个这样心平气和的人,我的情绪就会安定下来。这样的人乐天知命,过一天是一天,看见树叶落下时,只会想到"冬天快到啦",此外就别无思虑。

从那次以后,我常常出去。小孩子们都和我混熟了,在我喝咖啡时他们有方糖吃,傍晚我又给他们黄油面包和酸牛奶。每逢礼拜天,我总给他们克罗采,即使我没回家,也会请这里的女主人代为分发给他们。

孩子都跟我很亲密,什么事都告诉我。每逢村里有很多孩子来我这里,流露出热烈的情绪以及直截了当地表达他们想要的东西时,我更是乐不可支。【名师点睛:孩子乐意与"我"亲近,表现了维特平易近人,喜欢孩童的形象。】

孩子的母亲总担心他们会打搅我,我费了很大的劲,好不容易才消除了她的疑虑。

知识考点

1. 填空题。

年轻妇女有____个孩子,她的丈夫到_____取他的堂兄留给他们的_____去了。

2.判断题。

(1)年轻妇女的大儿子和二儿子为抢面包把砂锅给砸破了。(　　)

(2)维特时常给小孩子们黄油面包和酸牛奶。　　　　(　　)

3.问答题。

通过描写维特在山村的生活,刻画了村民和孩子们怎样的特点?

_____

_____

阅读与思考

1.维特的艺术气质表现在哪些方面?

2.和喧嚣的都市相比,维特更喜欢恬静的山村,这说明了他怎样的世界观?

5月30日

名师导读

瓦尔海姆的一切都让维特觉得美好。一个青年农民对女东家的爱慕表现,让维特对爱情又有了怎样的新观点?

前不久我同你说的那个关于绘画的想法,对于诗歌创作也是非常适用的。诗人只需要领悟其中的精髓,并大胆地表达出来,语言简练,意思隽永即可。【名师点睛:维特对诗歌创作的见解,说明维特也是一个极具文学天赋的人。】比如,今天我看到了某一个场景,只要实录下来,可能就是世上最美的田园诗了。但是田园诗要写成什么样呢?难道非得刻意雕琢,我们才能体会到自然吗?

如果你期待在这个开场白里有什么高深的见解或道理,那你就又上当了。这次让我有这么大感慨的,不过是一个青年农民。我还是像往常

▶ 少年维特的烦恼

一样平铺直叙，我想，你也同往常一样，认为我夸大其词。这件事又发生在瓦尔海姆，在这个地方，稀奇古怪的事层出不穷。

有一伙人聚在菩提树下喝咖啡。我不是很喜欢他们，便找个借口坐到了另一边。

这时，从旁边的农舍中走出来一个青年，在那儿修理我曾经坐过的那张犁。我觉得他的模样不错，于是我和他搭话，打听他的境况，不多时我们就熟悉了。和我往常与这类人交往一样，很快他就信任我了，而且无话不谈。他告诉我，他在一位寡妇家里当长工，女东家待他非常好。一提起他的女东家，他就滔滔不绝、满口称赞。不难看出，他对她已倾倒得五体投地。她已不是很年轻，他说，由于受过丈夫的虐待，她不准备再嫁人了。

从他的言谈中，我明显感觉到，她在他眼里是那样的美，那样的动人，他非常非常希望她能选中他，使他有机会帮她消除她前夫所留下的创伤。【名师点睛：从青年农民的言谈中觉察到他对女东家的情意，表明维特观察力强，心思细腻。】

要想对你完整地描述出这个人纯洁无瑕的倾慕、痴情和忠诚，必须一字一句地重复他的话——还必须具有最伟大诗人的天分，才能活灵活现地描述出他那虔诚的神态，他那悦耳的嗓音，他那火热的目光。不！任何语言都不能够表现出他的整个内心与外表所蕴藏的柔情。经我重述，已变得淡而无味了。【名师点睛：用夸张的手法赞扬了青年农民对女东家的柔情和钦佩。】

尤其令人感动的是，他是那样担心我会对他和她的关系产生想法，怀疑他的行为不端。当他讲到她的容貌，讲到她那虽已不再具有青春的诱惑力，但仍强烈吸引着他的身段时，他的神情更是感人，我唯有在自己心灵深处去体会、去重温。如此炽热的爱恋，如此纯洁的渴慕，是我平生仅见。是的，甚至可以这样说，我连想也不曾想过，梦也不曾梦过。请别责备我，如果我告诉你，当我回忆起他那纯洁无邪与真心诚意时，我自己心中也会热血沸腾,眼前也会出现一个忠贞妩媚的倩影,好像我也跟着燃烧起来,害起了如饥似渴的相思病。【名师点睛:通过与青年农民的交谈,维特感受到真挚而热烈的情感,这也正是维特一直所崇尚的人世间真诚而自然的情感。】

现在我也想很快见到她,不过仔细一想,或许还是不见为好。通过她情人的眼睛去看她,那样会更美好;她要真来到我面前,或许就不像我现在所想象的样子了,我干吗要破坏这个美好的形象呢?

阅读与思考

1. 青年农民是怎样评价他的女东家的?
2. 维特对待爱情有怎样的态度?他的爱情观有了怎样的变化?

6月16日

名师导读

当地的年轻人要在法官S先生的猎庄中举办舞会,维特应邀出席。在舞会上维特认识了一位姑娘,这位姑娘是谁?她有怎样的魅力?为什么维特为之神魂颠倒?

为什么我这么久没有给你写信?——你提这个问题,说明你也凭借智慧预料到了什么吧!你准能猜到,我一切都很好,好得简直……干脆告诉你吧,我认识了一个人,她紧紧地牵动着我的心。我真的已经……叫我怎么说才好呢?【名师点睛:维特认识的这个人,点燃了他的激情,甚至使他到了语无伦次的地步。】

"就在最近,我结识了一个人,她是最最可爱的。"想要条理分明地告诉你这件事的始末,真是太难了。我既快乐又幸福,因此没办法精彩地描述出这整件事情。她是天使!——完全是这样!无以形容!

任世间的每一个人,只要说起自己的心上人,都会这么赞叹,难道不

▶ 少年维特的烦恼

是吗？可我无法告诉你她有多么完美，为什么完美。一句话，她完全俘虏了我的心。

<u>她那么聪敏，却又那么单纯；那么坚毅，却又那么善良；那么勤勉，却又那么娴静……</u>【写作借鉴：运用排比的修辞手法，写出了女孩让维特为之倾心的各种优点。】

我发觉我在这里说的关于她的话都是些废话，丝毫不能体现她美好的本质。下次，不，不等下次，我现在要立即告诉你。要是现在不说，那就永远不会说了。说心里话，从开始写这封信到现在，我已经有三次打算扔下笔，让人备好马，骑着跑出去了。不过，今天早晨我还发誓不出去，可我还是会不时地跑到窗前，看看太阳还有多高。

我还是没能克制住自己，情不自禁地又去找她了。这会儿我又坐下来，一边吃作为夜宵的黄油面包，一边继续给你写信。

当我看见她在那一群活泼的孩子中，在她的八个弟妹中，我的心真是欣喜若狂。

假如我继续这么往下写，恐怕到头来你仍然会摸不着头脑的。<u>听着，我要强迫自己详详细细地把这一切告诉你。</u>【名师点睛："强迫"一词写出了维特对女孩的感情浓到了极点。】

不久前我告诉过你，我认识了法官S先生，他请我早些到他的居处或者说是小王国去做客。<u>对于这件事我没有太在意，要不是偶然发现这个宁静的地方竟藏着一位宝贝儿，也许我就永远不会到那里去。</u>【名师点睛：女孩在维特心目中犹如隐藏在幽谷的珍宝，吸引着他去法官家做客。】

当时，这里的年轻人要在乡下举办一次舞会，我也欣然前往了。事前，我答应了本地一位心地善良、长相漂亮，除此便没有其他突出优点的姑娘的邀请，并已商定由我雇一辆马车，带着这位舞伴和她表姐一起去聚会，顺道还要去接S先生家的绿蒂。

"您将认识一位漂亮小姐呢！"当我们的马车穿过砍伐过的森林向猎庄驶去的时候，我的舞伴开了口。

"不过您得当心,"她的表姐却说,"可千万别迷上她呀!"

"为什么?"我问。

"因为她已经订了婚,"我的舞伴回答,"一个挺不错的小伙子,眼下不在家,他的父亲去世了,他去料理后事,顺便为自己谋个体面的职务。"

这个消息当时并没有引起我的注意。【写作借鉴:为下文做了铺垫,"这个消息"注定了维特和女孩有缘无分。】

到了猎庄大门前,还有一刻钟太阳才落山,天气非常闷热,姑娘们看到天边弥漫着又大又厚重的灰白色云团时,便慌了起来,生怕雷雨的出现。虽然我也预感到今天的舞会可能无法举行,但还是摆出一副通晓气象的模样,预测不会下雨,让她们不要恐慌。我下了马车,门口走过来一位女仆,她让我们稍等片刻,说绿蒂小姐马上就过来。

我穿过院子,朝着那座构造精巧的房子走去。等上了屋前的台阶,正要进门时,我看到了一幕平生仅见的最动人的画面。

前厅里六个两岁到十一岁的孩子簇拥着一位容貌秀丽的姑娘,她中等身材,穿一件简朴的白色衣服,袖口和胸襟上系着粉红色的蝴蝶结。【写作借鉴:此处为外貌描写。这是维特第一次见到绿蒂,她被一群孩子围在中间。】她手里拿着一个黑面包,根据周围孩子的年龄和胃口一块块切下来,亲切地分给他们,孩子们在轮到自己的一份时,不等切下来,就把小手伸得高高的,天真地说声"谢谢",等拿到了自己的一块便都随意找个地方享用晚餐。

我看到他们津津有味地吃着黑面包。有的慢吞吞地踱着步,有的飞跑到大门边,好看一看陌生的客人们,看一看他们的绿蒂姐姐将要乘着出门去的那辆马车。

"请您原谅,"她说,"劳驾您跑过来,并让姑娘们久等了。我只顾着换衣服和料理在家时要做的一些事情,结果忘了给孩子们准备晚餐了。他们可是除我以外谁切的面包都不肯吃的。"【名师点睛:绿蒂的言行体现出她是一个知书达理、举止优雅的女子。】

▶ 少年维特的烦恼

我随意地客套了几句,这时的我,整个心灵都让她的形象、她的声音、她的举止给占据了。直到她跑进里屋去取手套和扇子,我才从诧异中回过神来。

小家伙们都远远地站在一旁瞅着我,我这时便朝年龄最小、模样也最俊的一个走过去,可他却想向后退。

这时,绿蒂正好走进门来,说道:"路易斯,跟这位哥哥握手。"

于是,小男孩便大大方方把手伸给我,我忍不住热烈地吻了他,虽然他那小鼻头儿上还挂着鼻涕。

"哥哥?"我问,同时把手伸给她,"您真认为,我有做您亲眷的福分吗?"

"噢,"她嫣然一笑,说,"我们家的表兄弟多着呢。要是您不屑和他们为伍,那我就抱歉了!"

临走时,她又吩咐她的大妹妹索菲,那个十来岁的小姑娘,好好照看弟弟妹妹,并在爸爸骑马出去散心回来时向他问安。她还叮咛小家伙们要听索菲姐姐的话,把索菲当作她。【名师点睛:通过绿蒂对孩子们的嘱咐,可以看出她是一个非常细心、有责任感的女孩。】几个孩子满口答应着,可有个满头金发、大约六岁光景的小机灵鬼却嚷起来:"可她不是你,绿蒂姐姐,我们更喜欢你呀!"

最大的两个男孩这时已经爬到马车上,经我代为求情,她才答应让他俩一块儿坐到林子边,条件是保证不打不闹,手一定扶稳。

我们刚在马车上坐好,姑娘们互相致了问候便开始闲聊:品评彼此的服装,尤其是帽子,并很有分寸地议论了马上就要开始的舞会。

正讲在兴头上,绿蒂招呼停车,让她的两个弟弟下去。小哥儿俩却要求再亲亲她的手。大个的可能有十五岁,在吻姐姐的手时彬彬有礼;小个的则毛毛躁躁,漫不经心。绿蒂再次让两个弟弟代她向其他弟妹问候,在这之后我们的马车才继续前进。【名师点睛:绿蒂再次叮嘱两个大弟弟照顾其他弟妹,那样子极像一个慈爱的母亲。】

舞伴的表姐问绿蒂,有没有把新近寄给她的那两本厚书读完。

20

"没有,"绿蒂说,"这本书我不喜欢,您可以拿回去。上次那本要好看些。"

我问那两本是什么书,她的回答使我大为吃惊。我发现,她所谈的那些想法都很有个性,每讲一句话,她的脸上便会呈现出独特的魅力,闪着新的精神光辉。因为我是理解她的,从我的身上她也感觉到了这一点。【名师点睛:随着谈话的深入,维特和绿蒂好像有了默契。此时维特完全沉迷于绿蒂的魅力之中,不能自拔。】

"早些年,"她说,"我最喜欢的就是小说。星期天总是一个人躲在角落里,我用整个身心分享着燕妮小姐[很可能是指法国女作家里柯波尼的小说《燕妮·格朗维叶小姐的故事》中的主人公。这里代指当时时兴的感伤主义小说]的幸福与灾祸。上天知道我当时有多幸福啊。我不否认,这类书现在对我仍有某些吸引力。可是,既然眼下我很少有工夫读书,那我读的书就必须十分对我的口味。我最喜欢的作家必须让我能在书里找到我的世界,这样才能让我感到书里的故事就发生在我身边,那么有趣,那么亲切,恰似在我自己家里的生活一样,虽然还不像天堂那么美好,却已是一种不可言喻的幸福的源泉。"【名师点睛:这是绿蒂对读书的看法。】

听了这番话,我竭力掩饰自己的激动,当然没能掩饰多久:当我听到她随口谈起《威克菲尔德的牧师》时,我便情不自禁地把我知道的统统告诉了她。过了一会儿,当绿蒂回过身去同两位女伴说话时我才发现,那两位姑娘方才一直被冷落了,她们睁着大眼睛,心不在焉,好像神游场外。表姐不止一次嗤着鼻子,用讥讽的神情看着我,对此我却毫不在意。

话题转到跳舞的乐趣上来了。绿蒂说:"如果热情是个缺陷,那我也乐意向你们表明,我不知道还有什么比跳舞更美好的事。我心里烦闷的时候,只要到我那架音调不正的钢琴上弹上一曲对舞[男女成对跳的一种舞蹈,源于英国村舞。由舞蹈者精心合作,可以跳出种种几何图形来],心情就好了。"【名师点睛:绿蒂不仅热爱文学,还会跳舞与弹琴。】

在她们谈话期间,我一直如痴如醉地望着她那双乌黑的眸子。她那

▶ 少年维特的烦恼

生动的双唇和活泼天真的面颊把我的整个灵魂都吸引住了,我完全沉醉在她谈话的精彩韵味之中,即使连她所用的词都没听见!——你了解我,应该能想象得出来。总而言之,马车在游乐宫前静静停住时,我如梦游者似的下了车,依然沉湎于幻想中,在暮色朦胧的世界里魂不守舍,茫然若失,几乎连从灯火辉煌的大厅里传出来的音乐声也听不到。

两位先生,奥德兰和某某——谁记得清这许多名字啊!一位是表姐的舞伴,一位是绿蒂的舞伴,赶到车边来迎接我们,各人挽住了自己的舞伴,我也带着自己的舞伴,朝前面大厅走去。

我们跳起了小步舞,一对对旋转着。我一个个地请姑娘们跳舞,可正是那些最不令人喜欢的姑娘,总是不知趣地一个劲儿要跳下去,不能及时向你伸出手来以示结束。绿蒂和她的舞伴开始跳英国舞了,轮到她来跟我们一起跳出图形时,你可以想象我当时心里的那份快活。真应该让你来看看她的舞姿!你瞧,她跳得那么专心,那么忘我,整个身体和谐至极。她无忧无虑地跳着,无拘无束地舞着,仿佛跳舞就是一切,除此她便无所思、无所感似的!【名师点睛:这里维特对绿蒂舞姿的描写很到位,也可以看出绿蒂非常喜欢跳舞。这时的维特已经陷入爱情的旋涡之中。】

我请她跳第二轮对舞,她答应同我跳第三轮。她以世界上最诚恳的态度对我说,她最喜欢跳华尔兹:"跳华尔兹时,原来的每对舞伴都要在一起跳,这是这里的习惯。"她接着说:"但是我的舞伴对华尔兹没有兴趣,如果我免去他跳华尔兹,他会感激我的。你的舞伴也不喜欢跳华尔兹,跳队列舞的时候我看出你的华尔兹跳得很好,如果你愿意做我的舞伴跳华尔兹,可以去请求我的舞伴允许,同时我也会去请求你的舞伴允许。"【名师点睛:体现了绿蒂的善解人意。】

我一听便握住她的手。这样,我们便谈妥了,在跳华尔兹舞时,由她的男舞伴陪着我的女舞伴闲谈。

我们就这样开始了。我俩用各种方式挽着手臂,为此开心了好一会儿。瞧她跳得多轻盈,多迷人啊!当时华尔兹舞刚流行,所以真正会的人很少，一开场便有点乱糟糟的。我们很机灵，先让他们蹦够了，退了场，我们才跳到中间去，和另外一对——奥德兰与他的舞伴。我从没跳得如此轻快过，简直飘飘欲仙。手臂挽着个无比可爱的人儿，带着她清风似的飞旋，周围的一切都没有了，消失了……【写作借鉴：运用比喻的修辞手法，将跳舞的维特和绿蒂比作清风，生动形象地表现了两人舞蹈的娴熟与轻快，也突出了维特此时怡然轻快的心情。】威廉哟，老实说，当时起誓，我宁可粉身碎骨，也绝不肯让这个我爱的姑娘，我渴望占有的姑娘，在和我跳过以后还去和任何人跳。呵，你懂我的意思吧？

为了喘口气，我们在大厅中缓慢地转了几圈。随后她坐下来，很高兴地吃着我特意摆在一边、已所剩不多的几个橘子。这橘子可算帮了大忙。只是当她每递一片给她邻座的姑娘，这姑娘也老大不客气地接过去吃起来时，我的心就像被刀刺了一下似的疼。

跳第三轮英国舞时，我们是第二对。我们跳着穿过队列，我挽着她的胳膊，盯着那极其率真的脸，以及表露出最坦诚、最纯洁的欢快的眼眸，上天知道，我心里是多么狂喜。我们来到一位女子身边，她那卖弄风情的表情引起了我的注意，她的脸已经不再年轻，她笑盈盈地望着绿蒂，恫吓(dòng hè)[威吓；吓唬]性地竖起一个指头，在飞快地舞着走开时，两次提到阿尔贝特这个名字。

"原谅我的冒昧，请问阿尔贝特是谁？"我对绿蒂说。她正要回答，这时恰好舞形要组成"8"字形，所以我们不得不分开。可是，在我和她擦身而过的瞬间，我恍惚看见在她额头上有了沉思的痕迹。

"这没什么好隐瞒的。"她一边伸过手来让我牵着徐徐往前走，一边说，"阿尔贝特是个好人，我与他可以说是已经订婚了。"【名师点睛：绿蒂直言不讳的回答，证实上文维特听到的消息是准确的——绿蒂已经订婚了，也反映出她是个真诚的人。】

本来这对我并非新闻，姑娘们在路上已告诉过我了，可是经过这短暂的相处，她于我而言已变得十分珍贵，此刻再来想这事，我就感到非同

23

▶ 少年维特的烦恼

小可了。总而言之,我心烦意乱,魂不守舍,结果插到另一对舞伴中去了,顿时队形陷入一片混乱,多亏绿蒂沉着镇定,对我连拉带拽,才使秩序迅速得以恢复。【写作借鉴:维特在心理上还是受到情敌阿尔贝特的打击,此时的方寸大乱与上文的欣喜若狂形成鲜明的对比,暗示维特与绿蒂不会有美好的结局。】

舞会尚未结束,闪电越来越强烈,我们早就看见天际的闪电了,但我一直说这是没有雷声的打闪,可是现在呢,雷声已将音乐声淹没了。三位姑娘从队列中跑了出来,男士紧随其后,秩序全乱了,音乐戛然而止。

人在纵情欢乐之际突遭不测与惊吓,那印象是比平时来得更加强烈的。一方面,两相对照,使人感觉更加深刻;另一方面,也是更主要的,我们的感官本已处于紧张状态,接受起来印象就更加深刻。这就难怪好些姑娘一下子吓得脸变了色。她们中最聪明的一个坐到屋角里,背冲窗户,手捂耳朵。另一个跪在她跟前,脑袋埋在她怀中。第三个挤进她俩中间,搂着自己的女友,泪流满面。有几个要求回家,另一些则是不知所措,连驾驭我们那些年轻追求者的心力都没有了,只知道战战兢兢地祈祷,结果小伙子们便放肆起来,全忙着用嘴去美丽的受难者唇边代替上天接受祷告。有几位先生偷闲到下边抽烟去了,其余的男女却都赞成聪明的女主人的提议,进到了一间有百叶窗和窗幔的屋子里。

刚一进去,绿蒂就赶忙把椅子围成一个圆圈,请大家坐下,建议来玩游戏。【名师点睛:绿蒂俨然像个领导,能将事情安排得井井有条,以使场面不会太混乱,这与她长期操持家事有关。】

有的人想通过游戏赢得丰厚的奖赏,我看见他们都已经伸展了四肢,跃跃欲试。"我们来玩一种计数游戏吧!"绿蒂说,"现在请大家注意!我顺着圈子从右往左走,你们则一个接一个地报数。每个人报出数字时,都要像点燃的火药一般迅速,谁要是停顿了或者报错了,就得被打一耳光,数到一千为止。"

这一来才叫好看喽!只见绿蒂伸出胳膊,在圈子里走动起来。头一个人开始数一，旁边一个数二，再下一个数三，依次类推。随后绿蒂越走越快，越走越快。这当儿有谁数错了，"啪！"——一记耳光；旁边的人忍俊不禁，"啪！"——又是一记耳光。速度加快了。我本人也挨了两下子，使我打心眼里满意的是，我相信我挨的这两下子比她给其他人的还要重些。【名师点睛：维特挨了两记重重的耳光，但因为是绿蒂打的，所以维特心里仍美滋滋的。】可不等数完一千，大伙儿已笑成一堆，再也玩不下去了。这时暴风雨也已经过去，好朋友们便三三两两走到一边，我便跟着绿蒂回到大厅。半道儿上她对我说："他们挨了耳光，倒把打雷下雨什么的一股脑儿忘记啦！"【名师点睛：绿蒂说那些挨了耳光的人忘掉了猛烈的雷雨，其实也暗示让维特忘掉对自己的爱慕。】

我无言以对。

"我也是胆儿很小的人，"她接着说，"可我鼓起勇气来给别人壮胆时，自己倒也就有胆量了。"【名师点睛：绿蒂是个坦诚的姑娘，虽然也很胆小，但还是努力用正能量感染别人，也让自己勇敢起来。】

我们一起走到一扇窗前。远处雷声滚滚，春雨唰唰地抽打在泥地上，空气中一股芳香扑鼻而来，沁人心脾。她把胳膊肘支在窗台上伫立着，凝视远方，一会儿仰望天空，一会儿又瞅瞅我；我见她眼里噙满泪花，把手放在了我的手上。

"克罗普斯托克啊！"她叹道。

我顿时想到了此刻萦绕在她脑际的那首壮丽颂歌[指德国诗人克罗普斯托克的颂歌《春的庆典》]，感情也因之澎湃汹涌起来。她仅仅用一个词，便打开了我感情的闸门。我忍不住把头俯在她手上，喜泪纵横地吻着，随后我又凝视她的眼睛。

高贵的诗人呵！但愿你能在这目光中看到她对你的崇拜，但从今往后，我再也不愿从别人嘴里听你那常遭亵渎的名字！

▶ 少年维特的烦恼

Z 知识考点

1. 填空题。

绿蒂坐上马车和姐妹们一起去聚会地之前,让两个弟弟下车。兄弟俩希望吻吻姐姐的手。吻手的时候大个的显得_____,他可能有_____岁,那个小的则_____。

2. 判断题。

(1)绿蒂的大妹妹叫索菲,只有十来岁。（   ）

(2)舞会后,绿蒂和大家一起玩游戏,维特挨了三记耳光。（   ）

3. 问答题。

舞会上,当维特听到阿尔贝特的名字后,表现了怎样的失态?

_____

_____

Y 阅读与思考

1. 维特和绿蒂是怎么相遇的?

2. 从绿蒂照顾弟妹的细节上,可以看出她的哪些美好品质?

6月19日

M 名师导读

与绿蒂分别之后,维特对她念念不忘。尽管知道绿蒂和阿尔贝特已经订婚,但对绿蒂强烈的爱还是让维特经常有去找她的冲动。

上次的信写到哪儿了?我已记不清了,我只记得上床时已是深夜两点了,假如不是写信,而是跟你当面聊,也许我会一直和你聊到天明的。

在回去的路上经历的那些事,我还没有谈,而今天也没时间和你细说。那天的日出之景实在壮丽极了。周围林木的枝头上挂满了晶莹的露珠,田野一片青翠。【名师点睛:这是对自然的描写,和绿蒂在一起时,维特的心情总是愉快的。】我们的两位女伴打起盹来了。绿蒂问,是否也要像那两位姑娘一样休息一下,并让我随便一点,不用担心她。

"只要看到你那双眼一直睁着,我就一点儿也不困了。"我目不转睛地盯着她说道。

就这样,我们两人一直到她家门口都没闭眼休息。这时,她的女仆轻声开了门,绿蒂问起父亲和弟妹们,女仆说,他们都很好,都还熟睡着。同她告别时我请求她允许我当天再去拜访她,她同意了,我也果真去了。

从此以后,日月星辰都按照正常的轨迹运转着,我却没有了黑夜和白昼的区分,我周围的世界全都消失了。

6月21日

M 名师导读

维特陷入了爱情,周围的一切都让他赏心悦目。宁静的山村,此刻让维特感受到了快乐、幸福。

这些日子我过得极其幸福,不管我将来会怎样,反正我不能再说自己没有享受过欢乐,没有享受过最纯净的生之乐趣了。——你是了解我的,威廉,我就在这儿已完全定居了,此地到绿蒂那儿只有半小时路程,在这儿我体验了人生的一切幸福。当初我在选择瓦尔海姆为散步的目的地时,何曾想到,它离天堂只有一步之遥!【名师点睛:维特深爱着绿蒂,能经常看到她,是他最快乐、最幸福的事。】过去我在长距离漫游途中,有时从山上,有时从平原上曾多少次看过河对岸那座猎庄啊,如今它蕴蓄着我的全部心愿!【名师点睛:维特本来漫无目的地在此生活,如今因为遇见绿蒂而变得有动力、有目标了。】

亲爱的威廉,对于人们心中那种,想要发现新鲜事物,想要四处走走、见见世面的欲望,我曾经做了无数次的思索;后来,对于他们的逆来顺受、

少年维特的烦恼

循规蹈矩,对周围任何事情都漠不关心的本能,我又做了种种思索。

真是妙极了!我有时会独自站在这儿的小丘上,眺望那道美丽的峡谷,那周围的景物竟是如此地吸引着我。【名师点睛:令维特着迷的恐怕不是美丽的山谷,而是他深爱的绿蒂。】

那儿有一座小小的树林!

你可以到树荫下去憩息!

那是山峦之巅!

你可以从那里眺望辽阔的原野!

那是连绵不断的山丘和僻静宜人的山谷!

但愿我在那里流连忘返!

我匆匆前去,匆匆返回,

我所希冀的,全没有发现。

唉,祈求远方如同祈求未来!它像一个巨大的朦胧的整体,静静地出现在我们的灵魂前,我们的感觉和我们的眼睛同样也变得模糊一片。但我们依然渴求,啊,我们渴望奉献出自己的整个身心,渴望让那唯一的伟大而壮丽的感情来充盈我们的心灵。

啊,当我们匆匆赶去时,当"那里"已经变成"这儿"的时候,一切便同过去没啥两样了。我们依然平庸,依然浅薄;我们的灵魂依然渴望那已经流走的甘泉。【名师点睛:这是维特对生活的思考。人不要总执着于将来,若不改变自己的现状,到哪儿都是一样贫穷,一样会受到束缚。此处抒发了对生活的感慨和无奈。】

所以,浪迹天涯的游子最终又会思恋故土,并在自己的茅屋里,在妻子的怀抱里,在儿女们的簇拥下,在为维持生计的忙碌操劳中,找到他在广大的世界上不曾寻得的欢乐。

清晨,我随初升的太阳来到瓦尔海姆,在那儿的菜园中采摘豌豆荚,等采够了,我就坐下来剥豆壳,一面剥,一面阅读我的《荷马史诗》。回到厨房,我挑选出一口锅,切下一块黄油,同豌豆一起放入锅中,把锅放到火炉上,盖上锅盖,自己坐到一边,时不时地搅拌一下。每当此时,我的脑海便会浮现佩涅洛佩[《荷马史诗·奥德赛》中主人公奥德修斯的妻子,她在丈夫征战特洛伊和归途中在海上漂泊的漫长岁月里,面对无数求婚者始终忠贞不渝]的那些求婚者宰杀猪牛、剔骨煨炖的场景。感谢上天,他让古代宗法社会的生活习俗与我的生活交融在了一起,这比什么都让我的心里充满了平静、安定。

我高兴极了,我的心竟还能感受到一个人将自己种的蔬菜端上饭桌时那种纯真欢乐;此刻摆在你面前的,可不仅仅是这么颗卷心菜啊,那栽插秧苗的美丽清晨,那洒水浇灌的可爱黄昏,所有那些为它的不断生长而满怀欣喜的好时光,统统都在一瞬间让你再次享受到了。【名师点睛:维特向往自然,向往纯真的快乐。当自己种的一颗卷心菜被端上饭桌时,维特再次享受到曾经"为它的不断生长而满怀欣喜的好时光"。】

Y 阅读与思考

1. 作者是怎样描写这个小山村的?

2. 这里和维特曾经生活的地方完全不一样,为何他在这里找到了从未曾找到的欢乐?

6月29日

M 名师导读

维特在和绿蒂的弟妹们玩耍中体会到了什么呢?

前天,本地的大夫从城里来到法官家,正碰上我和绿蒂的弟妹们一起蹲在地上玩儿。他们有的在我身上爬来爬去,有的在逗弄我,我便搔起他们的痒痒来,乐得小家伙们大笑大嚷。这位大夫是个非常刻板的木偶人,说话的时候总先要理理袖口上的皱褶,没完没了地扯他那轮状绉领。【写作借鉴:将大夫比作木偶人,写出维特对大夫的厌恶,他不喜欢封

少年维特的烦恼

建教条下的刻板的人。】我从他的鼻子上看出,他准认为我的举动有失身份。

我才不理他这一套,由他自个儿去卖弄聪明好了。我用纸牌重新给孩子们砌了一所房屋,原先砌好的已经被他们拆散了,而大夫回城后就四处发泄他的不平,说法官家的孩子本来就缺少教养,现在又被我惯坏了。

是啊,亲爱的威廉,世上能和我心心相连、亲密无间的,只有孩子。我作为旁观者,从细微处,看到了他们萌生出未来所必需的品德和力量:他们的顽固执拗,让我看出他们未来坚定而刚毅的个性;他们的顽劣调皮,让我看到了那种超然的心态和潇洒的风度,这些足以化解世情的险恶艰难。所有一切是多么浑然天成、纯真无邪!

于是我不断地、不断地回味人类导师的金玉良言:"可叹呀,你们不如他们中的任何一个……"

现在,我亲爱的朋友,孩子是同我们一样的人,我们本应以他们为榜样,然而我们却待他们如奴隶,不许他们有自己的意志!——我们难道没有自己的意志吗?我们凭什么该享受这个特权呢?——因为我们年长一些,懂事一些?【名师点睛:维特关于教育的理念,在当今也有现实意义,我们要尊重孩子的天性,崇尚自由和平等。】——仁慈的上天啊,你可是把人类仅仅分成年长的孩子和年幼的孩子?至于你更喜欢哪一类孩子,你的儿子早已说明。

还有个由来已久的问题——虽然上天被人们信仰,但不被听从,这些人培养孩子都只是沿着自己的那套路数。

对此,我已不想继续为自己辩解。别了,威廉!

7月1日

名师导读

维特陪同绿蒂去看望一位老牧师,他们在那里遇到了一个性格孤僻的年轻人。由于观点不同,维特慷慨激昂地发表了一通言论,这对我们有哪些启发呢?

我真的能感同身受,就通过自己这颗亟待垂怜的心(我这颗心要比那些沉疴卧床、难以活动的人的心更饱受煎熬),我真的感受到了绿蒂对病人来说至关重要。绿蒂要进城去陪一位生病的夫人几天。据那位医生讲,死神正接近这位贤惠的夫人,在她生命的最后时刻,她希望绿蒂陪伴左右,以慰藉自己。

就在上周,我曾陪着绿蒂去探望一名叫圣某某的牧师。牧师所在的村庄毗邻小山,路程大约一小时。我们在下午四点下了山。

绿蒂带着她的二妹妹,到了牧师的院子里。那里有两株胡桃树,高大浓密。我们到那儿的时候,这位善良的老人正坐在门口的长凳上,他一见绿蒂,便变得精神焕发,竟忘了拄他那满是节疤的手杖就站了起来,迎上前去。【名师点睛:通过描写老人见到绿蒂的一系列表现,侧面烘托出绿蒂讨人喜欢。】绿蒂赶忙跑过去,把他按在长凳上,她自己也在他身边坐下,转达她父亲的话,又抱起老人的宠儿——一个又淘气又脏的小男孩来亲吻。你真该看看她对这位老人关怀备至的情景。她提高嗓音,好让他半聋的耳朵听得见。她告诉他几位身强力壮的年轻人竟意外地死了。她又说起卡尔斯巴德温泉出色的疗效,并称赞老人来年夏天要去那儿的决定。她还说,他的气色比上次见到的时候精神多了。【名师点睛:写了绿蒂看望老牧师时的细节,表现了她的体贴、善良。】

在老牧师住所逗留的时候,我向牧师夫人问候,她很高兴,觉得我非常有教养。老牧师兴致高昂,我们被胡桃树的绿荫遮盖,此情此景让人

31

少年维特的烦恼

欢喜,我情不自禁地大加赞叹。于是,老牧师起了话头,尽管说话很费力,他还是给我们讲了很精彩的故事——关于这两株胡桃树的。

"那株老的胡桃树,"他说,"我们也不知道是谁种的,这后面那棵小的和我夫人同年,到十月就满五十岁了。她父亲早晨栽上这棵树,傍晚她就出生了。她父亲是我的上一任,这棵树在他心目中之宝贵,那是没说的,在我心目中的宝贵程度当然也绝不亚于他。二十七年前我还是个穷大学生,第一次来到这院子时,我夫人正坐在树底下的一根梁木上编织东西。"【写作借鉴:此处为插叙。老人对往事的回忆,像极了此时维特和他深爱的绿蒂在一起的画面。】

绿蒂问起老牧师的女儿,老牧师回答,他的女儿弗丽德莉克和施密特先生一起去了牧草地工人那里。老牧师接着说,他的上一任,还有后来成为他夫人的上一任的女儿都对他很是喜欢,他担任了上一任的助手,后来就继承了上一任的职位。他的故事刚讲完,他女儿就同施密特先生从花园里走过来了。那姑娘亲切、热情地欢迎绿蒂,给我留下的印象也不错。她是一个性格爽朗、身段优美的褐发姑娘,一个暂居乡间的人,同她在一起是很惬意的。她的爱人是个文雅但寡言少语的人,尽管绿蒂一再同他搭话,他仍然不愿加入我们的谈话。

尤其让我反感的是,我能从他的神情判断出来,他的寡言少语,绝非智商不高、词汇缺乏,而是出于固执脾性、抑郁心情的缘故。这一点随后就表现得一清二楚了:散步的时候,弗丽德莉克与绿蒂一起,偶尔也和我走在一起,但每当这时,这位先生本就黝黑的脸,就更加阴沉了,以至绿蒂不时扯我的衣袖,暗示我别和弗丽德莉克走得太近了。

我此生最厌恶的事就是人与人之间的相互折磨了,尤其是风华正茂的年轻人。他们本该坦坦荡荡地感受一切欢乐,可现在却彼此板起面孔,用一些无聊的事把难得的好日子断送了。【名师点睛:"最厌恶"说明维特不喜欢那位年轻人,为下文维特对心情不佳的问题发表一通议论做铺垫。】

于是,傍晚时分,我们回到老牧师的院子,在桌旁围坐,喝着牛奶时,大家谈论着人间的欢乐和悲苦,我再也无法克制住,就将此话题发挥开,有了一番酣畅淋漓的议论。"我们人啊,"我开始说,"常常抱怨好日子太少,坏日子太多,而我觉得,这种抱怨多半是没有道理的。倘若我们豁达大度,尽情享受上天每天赐给我们的幸福,那么,即使遭到什么不幸,我们也会有足够的力量去承受。"

"不过,我们没有控制自己情绪的能力,"牧师夫人说,"控制情绪,和我们自身的身体情况密切相关呢!"

"一个人如果身体不舒服,就会觉得万事难遂、心意难平。"我对她的看法表示同意。"那么,我们就把心情不好也看成一种病症,"我继续说着,"这时,一定有人要问,有无方法治好?"

"这话说得对,"绿蒂说,"至少我相信,这在很大程度上要取决于我们自己,我要是受到嘲弄,正当气头时,那我就一跃而起,到花园里去唱几支乡村舞曲,来回走一走,烦恼就烟消云散了。"【名师点睛:从绿蒂的话中,可以看出她对心情不佳的疏导方式,这一点读者们可以向她学习。】

"和我想说的不谋而合,"我说,"正如懒惰一样,心情不好也就是一种懒惰。人天性里,就有懒惰的倾向。不过,一旦我们获得了力量,抖擞起精神,我们的工作就会顺利进行,而我们也能够在此过程中,获得真正的欢乐。"

老牧师的女儿弗丽德莉克凝神专注地听着,但那位年轻人却不同意我的观点,他反驳道:"我们并不能主宰自己,尤其是无法控制自己的感情。"

"我们这里谈的是关于尴尬的感情问题,"我说,"这种感情是人人都想摆脱的,要是不试一试,谁也不会知道自己到底有多大的力量。当然,一个人要是病了,就会到处求医,为了恢复健康,最苦的药他也不会拒绝。"【名师点睛:维特的话启示我们,当我们心情不佳时,我们可以寻找其他让我们开心的事情,而不是沉溺于悲痛之中。】

那位诚实的老牧师也在凝神倾听,想发表自己的见解。我留意到了

少年维特的烦恼

他,就提高声调,把话题引到老牧师那里。"牧师在演讲时,会谴责种种罪恶,"我说,"然而,我至今未曾听说,有哪位牧师在布道时会责难情绪不佳。"

"这事该由城里的牧师来做,"老牧师说,"农民很少有坏脾气,偶尔讲一讲倒也无妨,至少对他夫人以及法官先生是个教育。"

老牧师的风趣话,让我们无法控制住笑声。他也笑得直咳嗽,这时,我们的讨论才告一段落。

随后,那位年轻的施密特先生又说:"您说心情不佳是一种罪恶,我觉得这种说法未免有些过分了。"

"一点儿都不过分,"我肯定地回答道,"假如坏心情既害自己又损他人,那罪恶一词用来形容它就恰如其分了。我们不能使自己幸福已经很不幸运了,难道还得互相剥夺对方心中偶尔产生的一点点快乐吗?请您告诉我,有哪一个人,他情绪恶劣时能将它藏于心中独自承受,而不破坏周围的快乐气氛?换一种说法,所谓心情不佳正是由于我们自己觉得不如他人而内心感到沮丧,进而产生对自己不满的表现,而这种不满又总是同愚蠢的虚荣、已煽动起来的妒忌联系在一起的。我们看到幸福的人,却偏偏要让他们不幸,这是最让人不能忍受的。"【名师点睛:维特对恶劣情绪剖析得十分透彻,可见维特是一个善于思考、富有智慧的人。】

绿蒂见我说话时神情激动,便向我微微一笑;弗丽德莉克眼里滚着泪水,她们都鼓励我继续说下去。【名师点睛:维特的看法得到其他人的赞同。】

"有一种人特别可恨,他利用自己对另一颗心的控制力,去破坏别人心里自动萌发的单纯的快乐。要知道世上任何馈赠和美意也补偿不了我们自身片刻的快乐,那被我们的暴君因妒忌心所破坏的片刻的快乐。"

我激动得大声说道:"只愿我们每天告知自己,能为朋友们做的,什么都比不上让朋友快乐,得到更多的幸福,还能够和他们一起分享幸福快乐。如果朋友们的精神和灵魂被怯懦的激情折磨,满是纷纷扰扰的忧郁苦闷,那么,你能否给予他们一些慰藉呢?

"如果有一位姑娘,因为你而白白断送了大好青春。后来,她患了重病,是最可怕的致命的病症,她躺在床上,呆望着天,奄奄一息,神志不清,额头上直冒汗水,脸色惨白。这个时候,你立在她的床头,如同被诅咒的人,心里已经知道,哪怕用尽办法、尽自己所能,都无力回天。你的灵魂被恐惧撕裂开来,即使付出所有,也在所不惜,只要能给这位即将离开人世的姑娘灌注哪怕点滴的力量、点滴的勇气。"

我正说着,一个似曾相识的情景突然冲进了我的脑海,那是我亲身经历过的。我不由得掏出手帕,遮住眼睛,和过去的回忆告别。直到听到绿蒂叫我离开,我才如梦初醒。回去的路上,绿蒂责怪我,如果每件事都这么全身心地投入,只会弄垮自己!

绿蒂希望我能爱惜自己!啊,这个天使!

我一定要活着,只为了你!【写作借鉴:这处细节描写,点明绿蒂看出了维特的缺点——易动真情,过激执着。这也为后文维特的悲剧结局埋下伏笔。】

Z 知识考点

1. 填空题。

维特和绿蒂一起去看望了一名＿＿＿＿＿＿。傍晚时分,他们和＿＿＿＿＿＿及她的爱人一起谈论人世间的＿＿＿＿＿＿,维特对＿＿＿＿＿＿的问题发表了一通议论。

2. 判断题。

(1)弗丽德莉克是老牧师的女儿。( )

(2)维特认为坏心情害人害己,犹如一种罪恶。( )

3. 问答题。

维特为什么认为心情不佳是一种罪过?用自己的话说一说。

少年维特的烦恼

阅读与思考

1. 老牧师见到绿蒂的种种表现,可以体现出绿蒂的哪些品质?
2. 你认为心情不佳是一种罪过吗?当你心情不好时,你会怎样调节自己的情绪?

7月6日

名师导读

> 维特和绿蒂以及她的朋友玛丽安娜、妹妹玛尔欣一起在井泉边散步,维特情不自禁地吻了玛尔欣的脸颊,绿蒂是什么态度?玛尔欣为什么一直不停地用井水清洗被吻的脸颊?

一直以来,她都是个可爱勤快的姑娘,不知疲倦地精心照顾她那生命垂危的朋友,从未改变。她那目光投到哪里,哪里的痛苦就会减轻不少。昨晚她同玛丽安娜[绿蒂的朋友]和小玛尔欣[绿蒂的妹妹]出去散步,我知道后就跟了过去,于是我们便一起散步。我们走了一个半小时后才回身往城里走,到了那眼对我来说十分珍贵的水井边。如今,它于我而言又增加了一千万的价值。绿蒂在井沿上坐下,我们站在她面前。我环视四周,啊,那时的我是如此孤单,当初的情景此刻又浮现在我的眼前。

"亲爱的泉水,"我说,"自从一别后,我再没来过这里,没有休歇一下,享受下你的清凉。我总是匆忙路过,有时竟连看你一眼都来不及。"我朝下望去,看见玛尔欣正端着一杯泉水小心谨慎地走上来。

我望着绿蒂,感受着我对她所怀有的全部情愫。

玛尔欣端着杯子来到我们面前,玛丽安娜想接过她的杯子。"不!"孩子嚷着,声音甜极了,"绿蒂姐姐,你先喝。"小姑娘话语里含着的深情厚谊,让我欣喜若狂,我无从表达、难以自禁,就一把抱起了小姑娘,热烈地吻着她。她惊得立即大叫,哭了起来。

"你太冒失了。"绿蒂说。

我手足无措,呆若木鸡。

"来,玛尔欣,"绿蒂一边说,一边拉着妹妹的手,领着她走下台阶,"快用泉水洗一洗,快,不要紧的。"【写作借鉴:语言描写,表现了绿蒂的聪明,她的妹妹信以为真。】

我就那样站在原地,看着小姑娘双手捧起泉水,使劲擦洗着脸庞。她对这神奇的清泉深信不疑,它能够洗掉所有不洁,还能够不让她失礼于人、长出胡子、不雅观、没有颜面见人。尽管绿蒂说:"行了!"可是小姑娘还在使劲地洗,仿佛怕洗不干净似的。

威廉呀,我告诉你,我往常参加洗礼,从来没有比这次怀着更虔诚的心情。绿蒂从台阶上来后,我真想跪在她面前,如同跪在一位替民族赎了罪的先知面前一样。

到了晚上,我心中万分高兴,于是不由自主地告诉了某人白天发生的事情。他一向很通情达理,然而这次我却没想到自己遭到了他的数落!他说,这是绿蒂不对,不该让孩子知道这类传说,它会引起种种误解和迷信。在孩子们很小的时候就得防止她们受坏影响。【名师点睛:用讽刺的手法,暗讽某人看似通情达理,实际是个非常刻板和愚昧的人。】我这才想起此人是在一星期前才接受洗礼的,所以也就不再说什么了。不过我心里始终坚信这个真理:我们对待孩子应像上天对待我们一样,当我们沉醉在愉悦的幻觉中时,他确实给予我们最大的幸福。

阅读与思考

1. 在井泉边的一幕,绿蒂的哪些行为让维特为之痴迷?
2. 维特将井泉边的事说给了某人听,某人是什么态度?

▶ 少年维特的烦恼

7月8日

M 名师导读

> 维特和朋友们一起去瓦尔海姆郊游,大家都兴致勃勃,而维特的心却乱了,他在想什么呢?

我真是个孩子!竟盼望她能朝我看一眼!我真是个孩子!

我们到瓦尔海姆去郊游。姑娘们是坐马车去的。后来在一块儿散步时,我总觉得在绿蒂乌黑的眸子中带着些……我是个笨蛋,原谅我吧!你真该见见她这双眼睛。我想写简单点儿,我困得眼皮都快合拢了。

不一会儿,姑娘们都上车了,而青年泽尔施塔特、奥德兰站在马车旁,这时姑娘们从车窗口伸出头来同小伙子们闲聊。小伙子个个都乐得轻飘飘的。我竭力寻找绿蒂的眼睛,啊,她的眼睛看看这个,又望望那个!看我呀!看我呀!我那么一心一意地期待着她的目光,然而它却不落在我的身上!我在心里向她说了千百次再见!而她却瞅也不瞅我一眼![写作借鉴:此处为心理描写。维特多情的眼神一直关注着绿蒂,但她却逃避似的躲着他炽烈的目光。]我眼含泪水地送她离开,却看见车窗外露出了绿蒂的头饰,她转过头来,在四处张望,啊,是在找我吗?

亲爱的!我没有把握,我的心飘浮不定。但值得安慰的是,也许她回过头来是为了看到我!也许吧!晚安!哦,我真是个孩子呀!

7月10日

M 名师导读

> 维特对绿蒂一直都默默地倾注着全部的感情。

我亲爱的朋友,你真是要仔细看看,当我们聚会的时候,只要听到有人谈起绿蒂,我的那副模样是多么可笑!要是别人问我喜不喜欢她?——喜欢!喜欢!我真恨死这个词了。【名师点睛:字里行间透露出维特对绿蒂的感情已经不是单纯的喜欢,而是浓烈的爱意。】

一个人若不是全部身心都充满对她的倾慕,而仅仅只是喜欢她,他还做什么人呢?喜欢!最近还有人问我,喜不喜欢说唱诗人莪(é)相[古代爱尔兰说唱诗人]。

7月11日

M 名师导读

M 夫人临终前对丈夫坦白了一个秘密,这个秘密让维特和绿蒂感到非常吃惊和诧异。这个秘密是什么呢?

M 夫人病得很重。我为她的生命祈祷,因为绿蒂一直很难过,我也同样难过。很难得在一位女友家见到绿蒂,今天她给我讲了一件奇怪的事:

M 老头是个贪婪、吝啬的守财奴,他的夫人这一辈子在他的管束下受尽了折磨,可是她总能想出办法来对付他。【名师点睛:此处容易使读者产生疑问,是什么办法呢?让人情不自禁想读下去。】

几天前,大夫说她的病治不好了,她就把丈夫叫到跟前,那时绿蒂正在房里,她对他说了下面这番话:

"有一件事我必须向你坦白,否则,在我死后家里会出乱子的。我管理家务,一向尽力省吃俭用,安排妥帖,但有一件事你得原谅我,三十年来我一直在哄骗你。我们刚结婚时,你规定了一点点钱作为饮食费和其他家庭开支。但随着家庭的扩大,我们的家务也越来越多,产业也越来越大,你却不肯增加每周的钱款,开支达到最大的时候,你仍要我用七个古尔盾[德国当时的钱币]安排一周的开支。我没有怨言地接受了你的安排,却从收入中扣下钱来,弥补每星期的不足,谁也不会怀疑做主妇的会

少年维特的烦恼

偷自家的钱。我死后,来管家的女人面对这点钱一定会感到束手无策,而你却还会一口咬定,你的第一位妻子就是拿这点钱应付家庭开支的。要不是考虑到这一层,我即使不坦白,也可以问心无愧地走了。"

我和绿蒂谈到人心的愚昧真是到了难以置信的程度:这 M 老头明知七个古尔盾是不够支付两倍以上家务开销的,而他却不怀疑其中有蹊跷。人的无知到了这种程度,简直不可思议。【名师点睛:映射当时的资产阶级群体中贪婪、无知的一类人,让人震惊且厌恶。】

另一个类型的人,他们挥霍无度,以为家里有一只取之不尽的油瓶,而从来不会觉得诧异。

阅读与思考

1. M 夫人是怎样用七个古尔盾支付两倍以上家务开销的?
2. 看完本章,你想对 M 夫人的丈夫说些什么?

7月13日

名师导读

> 维特感受到绿蒂对自己的爱意,但当她谈论起未婚夫时,又令维特十分痛苦,这到底是为什么呢?

不,我不是在欺骗自己!我从她乌黑的眼神里看得出她对我以及我的命运的关心。这点我可以肯定,我感觉到她也爱我!

她爱我!我感到自己多么珍贵,多么幸福!自她爱我以来,我是多么——我可以告诉你,因为你对此是能够理解的,我是多么崇拜自己啊!

【名师点睛:维特从绿蒂的眼神中感觉到她也爱他,这一发现让维特十分兴奋。】

不知是自己想入非非,还是对真实情况的感受有误。我完全不了解绿蒂心中那位令我害怕的男人,我担心绿蒂会把心给予他。每逢她谈起她的未婚夫时,总是充满深情、充满爱恋,我便感到自己像是一个被剥夺了一切荣誉和尊严的骑士,连佩剑也被夺走了。【名师点睛:刚刚引以为傲的爱情,又被维特自己否定了,说明他的爱因为是单方面的,所以是痛苦的。】

7月16日

M 名师导读

多情的维特与美丽、可爱的绿蒂在一起时,为什么不仅没有感到开心,还坐立不安,失去了冷静,总是有一种既期待,又回避绿蒂的矛盾心理呢?

每当我俩的手指无意间相接触时,每当我俩的脚在桌子底下碰着时,啊,我的血液便加快了流动!我就像碰着了火似的,迅速缩了回来。可是,一种神秘的力量又在吸引我向前伸去……我真是心醉神迷了!【写作借鉴:优美的语言、形象的比喻,将维特对爱情的渴望表现得淋漓尽致。】

她是那么纯洁,灵魂是那么无邪,她心怀坦荡,一点儿也没有察觉到这些亲密的小动作带给我多大的痛苦!尤其当谈心时她把手搁在我的手上,谈得激动时她把头和身子挪得挨我更近些,她嘴里呼出的美妙绝伦的气息飘到我的唇上,这时我就像让闪电给击中了,几乎都要晕倒了。【写作借鉴:运用夸张的修辞手法,将维特对绿蒂触电般的爱恋描绘得淋漓尽致。】

威廉啊,要是我啥时候能冒险登一登天堂,大胆地去……你理解我指什么。不,我的心还没有这么坏!它只是软弱,很软弱罢了!而软弱还并非坏吧?

她在我眼里是圣洁的。一切欲念在她面前都会销声匿迹。每当我和她在一起的时候,不知道怎么回事,仿佛我所有的神经和感官都错乱颠倒了。她喜欢一支曲子,这是她以天使之力在钢琴上弹奏出来的,那

少年维特的烦恼

么纯朴,那么有才情!这是她最心爱的曲子,每次只要她一开始弹奏,我的一切痛苦、烦恼和古怪念头便无影无踪。【名师点睛:绿蒂弹奏的曲子就是治愈维特痛苦内心的一剂良药。他为她而激动,为她而快乐。】

这支单纯的曲子令我大为感动,任何关于音乐的古老魅力的说法,在我听来都深信不疑了。这支曲子彻底把我迷住了。而且,每每在我恨不得用子弹射穿自己脑袋的时候,只要她弹起这支曲子,我心灵深处的迷茫与黑暗顿时烟消云散,我又可以自由地呼吸了。

7月18日

名师导读

维特因为一个聚会不能到绿蒂那儿见她,为排解这短暂分离的相思之苦,他会怎样做呢?

威廉呀,你是否想象得到,如果人世间没有了爱情,那我们的心会怎样?这就好比一盏没有了光亮的走马灯,可是,一旦你把小灯拿进来,洁白的墙上顿时出现了漂亮缤纷的图案,即使这些图案是转瞬即逝的幻影,但是,如果我们像个孩童一样迷醉于眼前一幅幅美妙的画面,也足以使自己快乐。【写作借鉴:运用比喻的修辞手法,维特将心比作走马灯,将爱情比作光,说明爱情会让心变得有光彩。】

今天我无法去看望绿蒂,因为有个非去不可的聚会,怎么办呢?于是,我派了我的仆人过去,以便身边能有个今天到过她面前的人。派出去后,我就焦急地等待着。能够再见到这位仆人,我又是如此高兴!如果不是羞耻心作怪,我恨不得把他的头抱住亲吻。

人们常说有一种博洛尼亚石[一种在黑暗中能发光的石头],把它置于阳光之下,它便吸收阳光,到了夜间它就会发一会儿光。对我来说,这仆人此时就是这种石头。我感觉她的目光曾在他脸上、纽扣上以及领子上停留过,于是我觉得这一切都变得十分神圣,十分珍贵了!【写作借鉴:

想象力丰富,维特能把绿蒂目光所到之处领会得这样细腻,显然维特已经陷入爱情之中无法自拔。**此刻即使有人出一千塔勒**[15世纪末德奥地区的通用货币],**我也不会把这个小伙子让出去的。**

只要他站在我眼前,我的心情就万分舒畅。威廉啊,别嘲笑我。难道令我心中舒畅、欢欣的东西,是幻影吗?

阅读与思考

1. 维特派仆人去见绿蒂,说明了他怎样的心理?
2. 维特为何格外珍惜身边的仆人?

7月19日

名师导读

维特一大早便迫不及待想要去见绿蒂,这让维特一整天都沉浸在期待之中。

"我要去见她啦!"我今早起来便神清气爽,怀着无尽的欢乐朝着美丽的太阳,喊出声来,"我要去见她啦!"于是这一整天我再也不想别的事了。一切的一切都溶化在这期待中了。【名师点睛:"我要去见她啦!"这句话写出维特对绿蒂的思念和想要见她的迫不及待的心情。】

7月20日

名师导读

威廉劝维特跟随公使去某地,维特为什么不以为然?

你要我随公使到某地去,这个主意我还无法接受。因为我这个人生性不大喜欢听人差遣,何况此公使还是一个众所周知的、十分令人讨厌

少年维特的烦恼

的家伙。

你说，我母亲希望我别闲着了，我不禁好笑，现在我不是也很忙吗？不管我数的是豌豆还是扁豆，归根结底，还不是一回事？

世界上的事归根到底还不统统都是毫无价值的鸡毛蒜皮的小事？！一个人若只是为了别人去拼命追名逐利，而没有他自己的激情，没有他自己的需要，那么，这个人便是个傻瓜。【名师点睛：这段话讽刺了某些一心追逐个人的名利、趋炎附势、尔虞我诈的人。】

7月24日

M 名师导读

心中的爱意让维特感觉到周遭的一草一木都是亲切的，作为画师的维特，为什么一连画了三幅绿蒂的画像而不成功呢？

你来信希望我不要把绘画荒废了，承蒙你的关心，但我原不想向你吐露真情，告诉你我最近很少作画了。

我从来不曾这样幸福过，我对大自然，不论是一块碎石，一根细草，也不曾有过这样亲切的感受。【名师点睛："我从来不曾这样幸福过"，表现出维特沉溺于爱情，一草一木都让他感到幸福。】然而——我不知如何表达，我的想象力是如此薄弱，一切在我的内心浮动、摇晃，我竟不能把轮廓抓住。我如果有黏土或蜡，或许能塑造出来。这个办法如能持久，我会弄点黏土揉捏起来，哪怕揉成糕饼一样。

绿蒂的画像我动手画了三次，每次都糟糕透顶。为此我十分苦恼，因为不久前我还是画得惟妙惟肖的。后来，我只好为她剪了一幅剪影，聊以自慰。

7月25日

> **M 名师 导读**
>
> 维特与绿蒂经常有书信往来,他愿意为绿蒂做任何事,为什么绿蒂总往写给维特的信上撒沙子呢?

啊,亲爱的绿蒂!我什么都肯为您效劳,您尽管吩咐吧,多多益善!我对您只有一件事恳求:请千万别再往您写给我的信上撒沙子[以前没有吸墨水纸,一般都往写好的纸上撒细沙,好使墨迹干得快些]。今天我一接到您的信就紧紧贴在嘴上亲吻了,弄得牙齿嘎嘎作响。【名师点睛:维特对绿蒂的爱走火入魔了。】

7月26日

> **M 名师 导读**
>
> 维特觉得不能频繁地见绿蒂,他为什么要说出祖母讲过的磁石山的故事呢?

我已经下过几次决心,不能经常去看她。可谁又能做得到呢!日复一日,我都屈服于诱惑,同时又对自己许下神圣的诺言:明天说什么也不去啦。

可明天一到,我又用各种借口来推翻不去的理由,一眨眼又到了她身边。这借口要么是她昨晚讲过:"你明天还来,对吗?"而谁又能不来呢!要么是她托我办件事,我觉得理应亲自去给她回个话;要么是天气实在太好,我到瓦尔海姆去了,而一到瓦尔海姆,离她不就只有半小时的路嘛!周围的气氛,使我感觉她近在咫尺,于是一抬腿,便到了她跟前!

> 少年维特的烦恼

<u>我祖母曾讲过磁石山的童话：船只如果驶得离磁石山太近，船上所有铁质的东西就会一下子全被吸去，钉子纷纷朝山上飞去，每块船板纷纷裂开、解体，那些可怜的人便随着四分五裂的船板葬身大海。</u>【名师点睛：将绿蒂比作磁石山，她每时每刻都在吸引着维特。】

7月30日

M 名师导读

> 绿蒂的未婚夫阿尔贝特从外地回来了，他是一位怎样的男士呢？每当三个人相处时，维特的心情怎样？

阿尔贝特回来了，我必须要走了。<u>虽然他是一位十分善良、十分高尚的人，而我也已做好准备在任何方面都对他甘拜下风，但是眼睁睁地看着他占有那么完美的珍宝，我怎能忍受得了！</u>【名师点睛：初见阿尔贝特，骄傲、自信的维特也被他的魅力迷住，只能心痛地看着绿蒂和他在一起。】占有！够了。

总之，威廉，她的未婚夫已经回来啦！他是个英俊、可爱、令你不能不产生好感的人。幸运的是，绿蒂迎接他时我不在。要不然，我的心恐怕会被撕碎吧。他也是很庄重的，有我在场的时候，没有吻过绿蒂一次。老天奖励他吧！他对于这位姑娘所表示的尊重，使我不能不喜欢他。他待我很友好，我猜想这不是他自己的感情，而是绿蒂的杰作。因为女人处理这方面的事时是很灵巧的，而且也自有她们的道理。她们如果能使两个爱慕者彼此友好相处，总归对她们有益，虽然这很难做到。

话虽如此，我仍不能不对阿尔贝特怀着敬重。<u>他那冷静的特点同我无法掩饰的不安静的性格形成了十分鲜明的对照。</u>【名师点睛：阿尔贝特的沉着冷静与维特的热情、冒失对比鲜明，这让维特感到挫败。】他感情丰富，深知绿蒂对他具有何种价值。看来他很少有脾气不好的时候，你知道，人身上的坏脾气是一种罪过,这是我平生最痛恨的。

他认为我是个通情达理的人;我对绿蒂的倾慕,我对她一举一动的赞美,都只增加了他的得意,使他反倒更加爱她了。他是否偶尔也对她发醋劲儿,我暂且不知,至少,如果我处在他的位置上,恐怕难以摆脱妒忌这个魔鬼的纠缠吧。

暂且就这样吧,我待在绿蒂身边的欢乐时光已经结束了。我不知道把它称之为愚蠢呢,还是头脑发昏?——名称又有何用,事情是明摆着的嘛!

我现在所知道的一切,其实早在阿尔贝特回来之前就已经知道了。我知道,我无权无身份立马向绿蒂提出任何的要求,我也没有提出过——就是说,尽管我如此爱慕她,尽管与她关系亲密,也没有抱什么奢望。现在这个傻瓜只好干瞪着两只大眼,任凭另一个人从他身边把这姑娘夺走了。【名师点睛:维特的内心一直克制着对绿蒂的爱意,他为此感到心痛却又无能为力。】

我咬紧牙关,对自己的如此处境予以自嘲,更两倍三倍地鄙视某些说我应该自行退出的人,他们会说这没有办法嘛。——让这些废物见鬼去吧!我在树林里乱走了一阵,又到绿蒂那儿去了。可此刻阿尔贝特正陪绿蒂坐在花园的凉亭里,我不能再往前走了。于是,我就像发疯似的说了许多傻话,干了许多蠢事,出尽了洋相。【名师点睛:阿尔贝特的出现,对维特产生了很大的影响,这也许就是维特烦恼的开始吧!】

"看在老天的分上,"绿蒂今天对我说,"我求您行行好,别再闹出昨儿傍晚的场面了行不行!您那副可笑的样子真要命。"坦白地说,我一瞅见阿尔贝特出去办事,就唰的一声跑了去。只要发现只有她一个人,我的心啊,总是乐滋滋的。

Z 知识考点

1. 填空题。

阿尔贝特从外地回来,维特初见他便认为他是一个_____和

少年维特的烦恼

_____的人。在维特的心里,阿尔贝特是一个_____的人,并对他怀着一种_____。

2. 判断题。

(1)维特平生最痛恨的是人身上有坏脾气。　　　　(　　)

(2)即使阿尔贝特回来了,维特还是傻里傻气地跑去花园见绿蒂。

(　　)

3. 问答题。

本篇用了大量篇幅写心理活动,这有什么深刻意义?

_____

_____

阅读与思考

1. 阿尔贝特回来后,维特是怎样处理自己与绿蒂之间的关系的?

2. 维特是如何评价情敌阿尔贝特的?

8月8日

名师导读

威廉劝维特屈服于命运,放弃对绿蒂的感情,但是维特既想争取,又想放弃,陷于矛盾之中,他将如何抉择?

有的人居然要求我们屈服于那无法抗拒的命运,我对他们加以痛骂。但是亲爱的威廉,请你一定要相信我,我绝对不是指向你。但我真的没有想到,你会有类似的想法。从根本上说,你是对的。但有一点,我亲爱的朋友!在这世界上,能用"非此即彼"的办法解决的问题是非常少见的;人的感觉和行为方式千差万别,正像鹰钩鼻和朝天鼻之间的种种差异那样。【名师点睛:用类比的表现手法说明感情是极其复杂的,就像"鹰钩鼻和

朝天鼻之间的种种差异"。】

如果我承认你的全部议论,又想从"非此即彼"中跳过去,你不会生我的气吧?

你说:"要么对绿蒂抱有希望,要么就不对她抱有希望。好,如果是前者,那就想方设法去实现,努力达成你的愿望;如果是后者,你就得振作起精神,想方设法摆脱掉这种无谓的可怜情感,它一定会将你的一切精力消耗殆尽。"我亲爱的朋友,你这话是出于好意,也说得很干脆。然而,这不幸的人的生命正被一种缠绵的疾病渐渐耗蚀,你能这样要求他,要他戳上一刀,一下子结束自己的苦恼?这种消耗精力的灾祸难道不是同时把摆脱灾祸的勇气也夺走了吗?【写作借鉴:用连续的反问句,表达了维特在对绿蒂深沉的爱中越陷越深,已无法自拔。】

当然,你可以拿一个类似的比喻来回答我:当一个人迟疑犹豫便会断送性命的时候,谁会不愿意牺牲一条胳膊以救命呢?

是的,威廉,有时在一瞬间,我也产生过振作起来摆脱一切的勇气……然而,如果我知道往哪儿去的话,我早就走了!

当日傍晚

我已经好久没有记日记了,今天重新拿起日记本在手里翻阅,真叫我吃惊,我竟是如此理智地一步一步陷进了眼前的尴尬境地!我对自己的处境始终看得十分清楚,但是我的举动却像一个孩子,虽然现在我对自己的处境仍是心知肚明,却还没有要改正的样子。【名师点睛:维特明白自己爱慕一位已订婚的女人是一种错误,但是他已无法改正,他不能控制自己的感情。】

Y 阅读与思考

1. 维特是如何评价自己对绿蒂的感情的?
2. 本章是怎样表现维特面临的矛盾的?

▶ 少年维特的烦恼

8月10日

M 名师导读

> 虽然维特插足了阿尔贝特与绿蒂的感情，但阿尔贝特从未敌视维特，反而真诚地把他当成朋友，并讲了一些关于绿蒂的过往，维特听后，有怎样的反应？

如果我不是个傻瓜，我本可以过最幸福、最美满的生活。我现在所处的环境既优美，又让人心情愉快，这是多么难得的！常言道，只有自己的心才能创造自己的幸福，这话说得很对。【名师点睛：这是维特对创造幸福的感悟，说明维特现在很知足，也很幸福。】

我是这个和睦家庭中的一员，老人爱我如儿子，孩子们爱我如父亲，而且还有绿蒂！

还有那位可敬的阿尔贝特，他从不曾以乖戾无礼来扰乱我的生活，他用真挚的友谊对待我：除绿蒂外，我是他在世界上最亲爱的人。【名师点睛：阿尔贝特将维特看作朋友，可以看出阿尔贝特是一位大度、高尚、善良的人。】

威廉，我们在散步时彼此谈着绿蒂，你要是能听听我们的谈话，那可真是一大乐事。世界上再也找不出比这更可笑的关系，然而我却常常为此热泪盈眶。

他向我谈起绿蒂正直的母亲：她临终时是怎样把家务和孩子托付给绿蒂，又是怎样把绿蒂交托给他，从那时起，绿蒂萌发出一种新的精神，井井有条地操劳家务，关怀弟妹，成了一个真正的母亲。她无时无刻不是兢兢业业、充满热情的，而且丝毫不丧失活泼开朗的天性。【名师点睛：阿尔贝特向维特讲起了绿蒂的过往，这时维特表面很安静，但内心并非如此。】

我和他并肩走着，不时采摘路畔的野花，精心编扎成一个花环，随后将它掷进"哗哗"流淌的河里，看着它轻轻地顺水漂去。

我记不清是否已经写信告诉过你,阿尔贝特要在这里住下了,他在侯爵府上找了个薪俸颇丰的职位。像他这样办事兢兢业业、有条不紊的人,我很少见到。【名师点睛:和维特的激情不同,阿尔贝特更多的是沉着与安定。】

阅读与思考

1. 维特为什么要将精心扎好的花环抛进流淌的河水里?
2. 阿尔贝特安定下来之后,在哪儿工作?

8月12日

名师导读

维特向阿尔贝特告别,他看到阿尔贝特房间里有两把手枪。两人围绕手枪展开了激烈的讨论。他们讨论的结果如何?谁的观点更正确呢?

阿尔贝特的确是天底下最好的人,昨天我和他之间发生了一件不寻常的事。我去向他告别,因为我一时心血来潮,想要骑马到山里去走走,现在我就是在山里给你写信的。当时我在他的房间里来回踱着步,他的两支手枪无意落进我的眼里。"把手枪借给我吧,"我说,"我旅途中用用。"

"行呵,"他说,"要是你不认为给枪装子弹是个麻烦,尽管拿去,枪在我这里挂着只是摆设而已。"【名师点睛:心情低沉的维特无意中看到阿尔贝特的手枪,维特的命运又将走向哪里呢?】我取下一支枪,他继续说:"我自从粗心大意出过一回岔子,就再也不愿和这玩意儿打交道了。"

我听了很好奇,想知道事情经过。他就又讲:

"大约三个月前,我住在乡下一位朋友家里,房中有几支小手枪,尽管没装子弹,晚上我也睡得安安稳稳的。在一个大雨过后的下午,我坐着没事干,不知怎么竟想到我们可能遭到坏人袭击,可能需要手枪,可能……

▶ 少年维特的烦恼

这样的事你是知道的。于是，我把枪交给一名仆人，叫他去擦拭和装子弹。这小子却拿去和女仆们闹着玩儿，想吓唬她们，却不知扳机怎么一弄就滑了，而通条[用以通洗枪管、炮膛等的铁条]又还在枪膛里，结果一下子飞出来，射中了一名女仆的右手，把她的大拇指戳得稀烂。我为这事受尽了埋怨，还得付医药费，从此我所有的手枪都不再装子弹了。亲爱的朋友，小心谨慎又有什么用？危险并非全都可以预料啊！虽然……"

你知道，我喜欢这个人，但不喜欢他的"虽然"。不错，任何事情都有意外。可是他却太四平八稳！只要觉得自己言辞过激，有失中庸或不够正确，他就会一个劲儿地对你进行修正、限定、补充和删除，弄得到头来什么意思也不剩。<u>眼下阿尔贝特正是话越讲越长，后来我根本没有再听他讲些什么，而是产生了一些怪念头，举起手枪并用枪口对准自己右眼上的额头</u>。【名师点睛：悲哀的情绪让维特做出了一个可怕的动作，暗示了维特内心的悲观。】

"啊！"阿尔贝特叫道，同时从我手里把枪夺下，"你这是干什么？"

"枪里没装子弹。"我说。

<u>"即使是这样，你要干什么？"他极不耐烦地加了一句，"我想象不出，人怎么会这样傻，竟会开枪自杀，单是有这种念头就让我极度反感。"</u>

【名师点睛：阿尔贝特的语言，表明他极力反对以自杀结束生命，认为那是很傻的行为。】

"你们这些人啊，"我嚷道，"每次议论什么事，都必得立即判断说：'这是愚蠢的，这是聪明的，这是好的，这是坏的！'这有什么意思呢？你们说这些话前研究过一个行动的内在情况吗？你们能确切解释这个行为为什么会发生，为什么必然会发生吗？如果你们研究过，那么就不会如此草率地做出判断了。"

"可你得承认，"阿尔贝特说，"某些行为的发生无论出于什么动机，其本身都是一种罪恶。"

我耸了耸肩，承认他的说法是有道理的。我接着说："但是，亲爱的朋友，这里也有一些例外。不错，盗窃是种罪恶，那如果一个人因为要拯救即将饿死的自己或亲人而去偷窃，那么我们是应该同情他呢，还是惩罚他？一个丈夫，出于正当的理由，杀死不忠实的妻子和她卑鄙的奸夫，谁还会向他扔第一块石头[比喻带头对某人进行批判、攻击、非难或谴责]？当一个姑娘忘乎所以，陶醉在爱情的极乐之中，处在狂欢的时刻，谁又能如此对待她？就连我们的法律，冷血的道学家，也会因为感动而收回自己的惩罚。"

"这完全是两码事，"阿尔贝特说，"那种人，激情使他丧失了理性，我们只是把他当醉汉、疯子来看待。"

"呦，看看你们这些只讲理性的人！"我微笑着说道，"激情！迷醉！疯狂！而你们只是冷眼旁观，如此缺乏同情心。你们认为自己品行端正，你们对醉汉、疯子嘲弄厌恶，就像那个祭司一样从他们身边走过[比喻见死不救，没有同情心]，还像那个法利赛人[喻指伪君子]似的感谢上天，感谢他没有把你们造成醉汉或疯子。我曾经不止一次喝醉过，我的激情也和疯狂相差无几，我并不为此感到悔恨，因为以我自己的尺度来衡量，我知道，凡是能成就伟大事业，做出看似不可能的事的，都是出类拔萃的人，可是他们却自古以来都被骂作醉汉或疯子。【名师点睛：和阿尔贝特的沉着冷静不同，维特充满激情，近乎疯狂。】

"甚至在日常生活中，凡是有人做了豪爽、高尚、出人意料的事，就会听到有人指着他的脊梁骨在背后嚷嚷：这个人醉了，这个人是疯子！可耻呵，你们这些清醒的人！可耻呵，你们这些圣贤！"

"瞧你又在异想天开了，"阿尔贝特说，"任何事情到了你这里，都弄得很极端。至少现在你错了，如今我们在谈论自杀，但你把它与伟大的事业相比。自杀只不过是一种软弱的表现罢了，因为比起顽强地忍受生活的煎熬，死当然要轻松得多。"【名师点睛：阿尔贝特极力反对自杀，认为那是软弱的表现，不是坚强者所为。】

我决定停止和他的谈话。我将肺腑之言吐露于他，但他回复我的是

▶ 少年维特的烦恼

陈词滥调，完全没有意义。他这样的腔调，让我异常恼火。可我还是暂时压住了怒气，因为他的这套论调我听惯了，也常常为此而气恼，但这次更加恼怒，于是稍微有点儿激动地反问："你认为自杀是软弱？我希望你不要被表面现象所迷惑。一个民族，一个在难以忍受暴君的奴役压迫下呻吟的民族，当它终于奋起砸碎自己身上的锁链时，难道你能说这是软弱吗？一个人的家宅失火，他惊恐之余，鼓足力气，轻易地搬开了他头脑冷静时几乎不可能挪动的重物；一个人受到侮辱时，一怒之下竟同六个对手较量起来，并将他们一一制服，你能说这样的人是软弱吗？还有，我的好友，既然拼命是强大，那么为什么过度紧张反倒是它的对立面呢？"

【写作借鉴：用排比的修辞手法和反问的语气，表明维特不认为自杀是软弱的表现，这也为他最终的选择做了铺垫。】

阿尔贝特凝视着我，说："请别见怪，你举出的例子在我看来完全是文不对题。"

"也许是吧，"我说，"也常常有人向我指出，说我的思想方法往往近乎荒谬，好吧，让我们看看，我们能不能设想另一种方式，对一个决心摆脱生活负担的人的心境进行探讨，我们只有具备共同的感觉，才有权利谈论同一件事情。"

"人的天性总是有它的限度。在一定限度上它能够经受住欢乐、悲伤和痛苦，只要一超过这个限度，它必将毁灭。"我继续说，"这里的问题并不在于一个人是软弱还是坚强，而在于他在道义上或肉体上所能经受的痛苦。我认为，无论是精神上还是肉体上，都不能把一个自杀的人说成是懦夫，就像把死于恶性热病的人称为胆小鬼一样，这样的说法都很离奇，极不恰当。"

"谬论，简直是谬论！"阿尔贝特嚷道。

"没有你想象的那么荒谬，"我说，"你得承认，如果人的机体受到疾病的侵袭，使他生命力的一部分被耗蚀，一部分失去了作用，以致机体再也不能痊愈，无论怎么治也无法恢复生命的正常运转，这种病我们称之

为绝症。【名师点睛:维特认为人选择自杀的原因是他们承受了巨大的压力和痛苦,已无法治愈。】

"好吧,亲爱的,那让我们把这个比喻放到精神上来,我们观察到当人处在狭隘的天地里时,受到外界各种印象的影响,他的思想被禁锢,直至有一天,不断增长的激情席卷了他冷静的思考力,最终使他毁灭。

"虽然沉着而有理智的人对这位不幸者的处境一目了然,也劝说过他,但一切劝告都是毫无意义的!这就好比一个健康的人站在一个病人的床前,却无法将自己的生命力输送给病人一丝一毫。"【写作借鉴:运用类比的修辞手法,借助生活中常见的事物描述深奥的道理,化抽象为具体,让人更深入地理解其中的含义。】

阿尔贝特觉得这些话说得太笼统了。【名师点睛:两人互持不同的观点,而维特的观点暗示了他命运的抉择。】我就向他提起了不久前一位溺水而死的姑娘,单向他讲述了这位姑娘的故事:"这是一位年轻、善良的好姑娘,成长在一个狭小的家庭圈子里,每星期干着重复而繁重的家务活,只有在星期天才能穿上一套不知道什么时候添置的漂亮衣服同几个情况与她相似的姑娘一起到郊外去散散步,逢年过节也许跳跳舞,再就是同女邻居兴致勃勃地聊上一阵,说说谁和谁吵架啦,谁和谁又出丑闻啦等等,除此之外就没有任何的娱乐了。

"终于有一天,她火热的天性感受到了内在的某些渴望,这种渴望因为男人的殷勤讨好而变得更加强烈。于是,她渐渐觉得从前那种娱乐索然无味了。直到后来,她遇到了一个男人,从他那里,她体验到一种从未有过的感情。她深深地被他吸引,无力抵抗。从此她把自己的希望也完全寄托在了他的身上,将周围的一切都丢在了脑后,除了他,她什么也听不见,什么也看不见,什么也感觉不到,心里只有他,只渴念他一个。飘忽不定的虚荣心得到满足,她一心追求自己的目标。她愿意成为他的人,她想要在永恒的结合中获得自己缺少的一切幸福,她想要领略她所渴望的种种快乐。说不尽的山盟海誓,给她的希望盖上了大印;那些大

少年维特的烦恼

胆的爱抚，又增添了她的欲望，拥抱了她的灵魂；她浮荡在恍惚的神志中，沉溺在对快乐的预感中，她兴奋到了极点，最后她伸出双臂，企图拥抱她所祈求的一切。

"可是，她最爱的人却将她抛弃了。【名师点睛：这是一个爱情故事，女子如此痴情，而男人却无情地抛弃了她。维特讲的这个故事很感人，通过这个故事可以看出维特对爱情以及对自杀的一些看法。】她惊呆了，她神情麻木地来到深渊边缘。她周围被一片黑暗包围着，没有希望，没有宽慰，没有感觉。因为他，只有他才让她感觉到自己的存在；正是他，将自己抛弃！她对眼前那宽广的世界视而不见，对能够为她弥补伤痛的人也视而不见，她只觉得自己孤立无援，觉得整个世界都抛弃了自己。她被内心可怕的痛苦逼上了绝路，于是便纵身跳下深渊，以求在无边无涯的死亡中消灭痛苦。【名师点睛：姑娘的悲惨命运是因为她失去爱人后感到迷茫、失望，找不到生活的动力和希望。】你看，阿尔贝特，这便是某些人的故事！请告诉我，这难道不是一种病例吗？在这混乱而矛盾的力量的迷津中，天性找不到出路，人就唯有一死了之。

"请来惩罚这帮袖手旁观、专说风凉话的人吧！他们竟然说：'傻丫头！你应该再等一等，等时间来医治这一切，到时候绝望就会自动消失，会有另一个男人来安慰你。'这不和有人说：'这傻瓜，竟会死于热病！他应该等一等，等到体力恢复，体液好转[当时欧洲人认为，体内液体的恶化是导致患病的原因]，血液的骚动平静下来，那一切就都会好起来的，他或许会一直活到今天啊'一样吗？"

阿尔贝特觉得这个例子没有切题，毫无说服力，对此他提出了几点意见，其中一点是：我讲的只是个单纯的女孩子，可要是一个眼光不这么狭隘，且见多识广、头脑清楚的男人，那怎么也要原谅他呢，他不理解。

"我的朋友呀，"我大声嚷道，"人总归是人，当一个人激情澎湃，但又受到人性局限的逼迫时，他那仅有的理智恐怕也起不到什么作用了吧，甚至根本就起不了作用。更何况——唉，我们下次再谈吧……"

说着,我便拿起我的帽子走了。哦,我的心里真是感慨万千,我和阿尔贝特分开了,互相并没有能够理解。【名师点睛:虽然维特和阿尔贝特是很好的朋友,但还是不欢而散,因为他们不能理解对方。】在这个世界上,要理解一个人是多么不容易呀!

Z 知识考点

1. 填空题。

维特准备骑马到山里去,所以先去跟_____告别。维特无意中看到他房间里的两支_____,两人就手枪展开了一场激烈的争论,最后不欢而散。

2. 判断题。

(1)阿尔贝特的仆人用手枪射中了另一个仆人的脚指头。（　　）

(2)维特认为凡是能成就伟大事业的人,自古以来都被当成醉汉或疯子。（　　）

3. 问答题。

维特和阿尔贝特的辩论,你同意谁的观点？说说你的理由。

_____
_____

Y 阅读与思考

1. 围绕手枪,维特和阿尔贝特争论的话题是什么？
2. 你觉得如何看待生活中的挫折？我们应该怎样摆脱困境？

少年维特的烦恼

8月15日

M 名师导读

虽然阿尔贝特回来了,但是维特依旧去看绿蒂,并给孩子们讲故事。维特能感受到绿蒂对他的好感吗?

毫无疑问,在这个世界上,只有爱才能使人变得不可缺少。这是我从绿蒂的情况中感觉出的,她非常不愿失去我;孩子们心中更是坚定地认为我明天一定还会去。本来今天我应该出城去为绿蒂的钢琴校音,但是没能去成,因为孩子们缠着我,要我给他们讲故事,甚至绿蒂也认为我应该满足孩子们的要求。【名师点睛:绿蒂不想和维特分开,孩子们也希望维特留下来。】

晚餐时,我给孩子们切了面包,如今,他们吃从我手上接过去的面包就如同吃绿蒂给的一样高兴。晚餐后,我给他们讲了那个公主得到一双神奇的手帮助的故事,这是他们目前最爱听的。在讲的过程中,我也学到了许多东西。这个故事给他们留下了这么深的印象,让我很惊讶。因为在第二次再讲时有些情节忘了,我不得不临时编造,当时他们立刻向我指出,故事和上次说的不一样了,所以我现在不得不采用一种吟咏的方式练习背诵我要讲的故事,以确保情节前后一致。【名师点睛:孩子们立刻指出不同,说明他们听故事非常认真。】从这件事我领会到,一个作家在第二版改动他的故事时,哪怕改得再富有诗意,还是损害了他的作品。

我们总是愿意接受第一印象,生来如此,即使最荒诞的事,也会深信不疑,而且会马上牢牢记住,如果谁想推翻或者抹掉这个记忆,那只能是自寻烦恼!

8月18日

M 名师导读

维特曾因这个山村感到幸福、满足,但现在,他认为自己成了给他人制造痛苦的人。他应该离开吗?

能使他人幸福的东西,同时又是他人痛苦的源泉,难道现实就非得这样吗?

我心中对生机勃勃的自然界曾有过强烈而炽热的感情。这种感情曾给过我无数的欢乐,它让我周围的世界变成了伊甸园,可如今的我却成了一个令人难以忍受的、专给别人制造痛苦的人,这种情感也成了一个折磨人的精灵,无处不在地将我追逐。【写作借鉴:运用对比的手法,写了炽热的感情曾让维特的世界变成伊甸园,然而现在却无时无刻不在折磨着他。】

从前,我站在高高的悬崖上眺望河对岸那些丘陵间的肥沃的峡谷时,看见的永远是一片生意盎然、欣欣向荣的场景。我看到那些山峦从山脚到峰顶都生长着高大、浓密的树木,那些千姿百态、蜿蜒曲折的山谷掩映在这树林之中,缓缓的河流从絮絮低语的芦苇中流过,轻柔的晚风吹动着天空中冉冉飘动的白云,在水面上投下般般倩影;我听到小鸟在四处啼鸣,千百万只小昆虫在夕阳的余晖中大胆地翩翩起舞,落日最后的那些光热也惊起了草丛中的甲虫。周围一片嗡嗡嘤嘤的声音使我的注意力集中在了地上,一片片苔藓从我脚下坚硬的岩石上夺取养分,生长在下面贫瘠沙丘上的枝干互缠的簇簇灌木,向我解答了大自然内在的、炽烈而神圣的生命之谜。【名师点睛:周围的美景令维特得到了极大的放松,也使他很快乐,他感觉自己与自然浑然一体。】

我把这一切都纳入了我温暖的心头,感觉自己在这完美的世间飘飘

少年维特的烦恼

欲仙了,那无穷无尽的壮丽形象活生生地在我心灵上浮动。峥嵘的山岭环绕着我,深深的幽谷躺在我的面前,一道道瀑布在我面前奔腾直下,汇聚成汹涌的河流在山谷里咆哮,竟使得树木和山岭也都发出回响。

我看见种种不可测知的力量在地球深处彼此发生作用,互相影响;我又看见地面上和天空下蜂拥着无数千姿百态的生物。芸芸众生以千差万别的形态栖息其间,人类图谋安全,都聚居在自己建筑的小屋中,却自以为统治着这广阔的世界!真是可怜的傻子呀!如果你看到了这里的一切,你一定会觉得自己是那么微不足道,确实,因为你本身就很微不足道。

从高不可攀的高山,人迹罕至的荒漠,到如今无人知晓尽头的海,这世间无处不存在着造物主的神举,就连每一颗小小的尘埃也因他被赋予了生命而欣喜。

啊,那时我常常渴望借助从我头顶飞过的仙鹤的翅膀,到那茫茫的人海之滨,用大自然无穷大的酒杯去畅饮那激荡的生命欢乐,哪怕只有片刻。让我用胸中有限的力量去感受一下那位通过自身造出万物来的造物者的一滴幸福。【名师点睛:当初的维特对生活充满希望,那些快乐的时光令人怀念。】

亲爱的朋友,只要回想那些时光,我心里就十分畅快。我用尽力气,想去唤醒,并且重新诉说那些难以言喻的情感。就这件事本身而言,我的灵魂升华了,超越了自我,更让我备感自己如今境地的可怕。

仿佛一张拉开的幕布横亘在我的灵魂前,那永无止境的生活舞台,突然就变成了坟墓和深渊,永远也无法合上。什么都转瞬即逝,如同过眼云烟,生命力无法长久存在。天哪,它将被激流卷走,被怒涛吞没,并在岩石上撞得粉身碎骨。那么,此时此刻,你会问"这就是永恒吗"?你和你周围的一切没有一刻不在被吞蚀,一次最无害的散步也会夺去成千上万个可怜的虫蚁的生命,仅仅一举足便会毁灭蚂蚁们辛苦营建的窝,把一个个小小的世界践踏成一座耻辱的坟墓。【名师点睛:即使是我们的

一次次无心之举也会给大自然中的生命带来伤害,只是我们不曾发觉。】

啊,触动我的不是世上罕见的大灾难,不是冲垮村庄的洪水,也不是毁灭城市的地震,是那些大自然里深藏不露的破坏性力量。它所造就的一切,在摧毁它的邻居,甚至在摧毁它自己。一想到这些,我就会心神难安、步履维艰。天和地包裹着我,我看不到它的创造,我所能看到的唯有永远在吞噬、永远在反刍的庞然大物。【写作借鉴:在描绘这些自然景物时,作者运用优美婉转的语言,呈现出大自然的美与力量,一方面表现出维特喜爱大自然,一方面体现了维特的多愁善感。】

阅读与思考

1. 为什么同样的山村风景,在维特心目中却不再别致?
2. 维特为何对目前的处境感到害怕?他在担心什么?

8月21日

名师导读

甜蜜的梦,残酷的现实。梦醒后孤身一人的维特是什么反应呢?

清晨,我从恼人的睡梦中醒来,向她伸去双臂,结果却扑了个空;晚上,一场无邪的好梦欺骗了我,我似乎与她并肩坐在草地上,我握住她的手,印上成千个甜吻。唉!当我迷迷糊糊,在半睡半醒中向她摸去时,便完全清醒了,泪水从被压抑的心中涌出。面对昏暗的未来,我绝望地哭了。【名师点睛:维特从梦中醒来,没有绿蒂的现实让他绝望,他不知该如何面对黑暗的未来。】

61

少年维特的烦恼

8月22日

名师导读

无所事事的维特想找个工作麻痹自己,转移自己对绿蒂的思念,他的现状改变了吗?

多么的可怜啊,威廉,我浑身充满活力,却偏偏无所事事,闲得心烦,既不能什么都不干,又不能什么都干。我的想象力已悄然溜走,连带着我也失去了对大自然的感觉,书籍更是令我讨厌。我们一旦自暴自弃,一切都变得乏味了。[名师点睛:失去绿蒂让维特对生活失去了希望,他变得自暴自弃,对一切事物失去了兴趣。]我向你发誓,我有时甚至希望自己是个短工,这样一来,清晨一觉醒来,对新的一天有了目标,有了追求,有了希望。我常常羡慕阿尔贝特,看见他成天在公文堆中埋头苦干,心里就想,要是我能像他该有多好啊!有好几次,我差点就给你和部长写信,请他把公使馆的差事留给我。如你所说,他是不会拒绝我的,我也这么相信。部长很久以前就喜欢我,要帮我找个差使做做;后来想起马的寓言[指古罗马诗人贺拉斯《书札》中的一则寓言:马受鹿的欺侮,向人求救,人便骑着马去逐鹿,鹿虽死了,但马永远成了人的奴隶],马因为自由得不耐烦了,自愿让人加上鞍辔,给人骑得七损八伤。

亲爱的朋友,我对改变现状的强烈渴望,不也正是一种内心颇不愉快的厌烦,一种处处对我紧跟不放的厌烦吗?

阅读与思考

1. 从哪些描述可以看出维特厌恶随波逐流?
2. 维特崇尚自由和无拘无束的生活,具体表现在哪里?

8月28日

> **名师导读**
>
> 维特在生日这天,收到了阿尔贝特送的礼物,是什么礼物能令维特对包裹缎带吻千百遍?

真的,如果我的病还有希望治好的话,那就唯有他们能医治了。今天是我的生日,一大早我就收到了阿尔贝特差人送来的一个包裹。打开包裹,一个粉红色的蝴蝶结立刻映入我眼帘。这是我第一次见绿蒂时她佩戴在胸前,此后我多次请求她将它送给我的那个蝴蝶结!除此之外,包里还有两册12开本的小书——韦特施泰因[1649—1726年,荷兰印刷家。他于1707年出版了袖珍本《荷马集》,这是希腊文和拉丁文两种文字的对照本]版的《荷马集》袖珍本。这个版本很早以前我就想要了,因为我散步的时候只能带着埃内斯蒂[1707—1781年,德国语言学家、神学家。他出版的《荷马集》除希腊原文外,还收进了拉丁文译文,并附有大量注释和评论]的大厚本。你瞧,还没等我开口呢,他们就满足了我的愿望,他们是如此善解人意,总是寻找各种机会送给我一些令人喜爱的小礼品,以表达他们的友情。这些小礼品要比那些光彩夺目的礼物珍贵上千倍。那种礼物是送礼人的虚荣心用来羞辱我们的。【名师点睛:和光彩夺目的礼物相比,那套书和蝴蝶结更令维特喜欢。】我千百遍吻着缎带,每一次的呼吸都把那些短暂的、快活的、不可复得的幸福日子的回忆吸进肚里。威廉,人生就是如此,我没有什么可抱怨的了,生命之花不过是个幻影!多少生命消逝后,一点痕迹都没有留下,能结果实的更是十分稀少,果实能成熟的又是寥寥无几!不过留在世上的还有的是。然而,唉,我的兄弟!我们能对成熟的果实弃而不顾,听任它腐烂,不去享受吗?

再见!这里的夏天很美,我常常坐在绿蒂果园里的果树上,手里拿

少年维特的烦恼

着摘果长杆,把树梢上的梨采下来。她则站在树下,取下我从长杆上递给她的梨。

阅读与思考

1. 维特在生日那天收到了什么礼物?
2. 维特喜欢阿尔贝特送的礼物吗?

8月30日

名师导读

维特对绿蒂的爱,深到脑海中全是她的身影,可是他们却不能在一起。

不幸的人呀!难道你不是傻瓜,不是在自己欺骗自己吗?这无休无止的、汹涌澎湃的激情有什么用啊?除了为她,我已不再祷告别的;【名师点睛:维特留在这里的意义不再是自然的美景,而只是绿蒂,但绿蒂不属于维特。这些都增加了维特的烦恼和痛苦。】除了她的倩影,再没有任何东西能出现在我的脑海里;我周围的一切,在我眼里全都与她有着关系。这样的错觉也曾使我幸福了一些时候,可到头来仍不得不与她分离!威廉呵,我的心时时渴望到她身边去!

我常常在她身旁一坐就是两三个小时,欣赏着她优美的姿态举止,隽永的笑语言谈。那时我所有的感官都兴奋到了极点,直到眼前发黑,耳朵再也听不见任何声音,喉头就像给谁扼住了似的难受,心狂跳着,想要使紧迫的感官松弛一下,结果反倒使它们更加迷乱。

威廉呀,我不清楚,我是否还活在这个世界上!有时候,抑郁的心情占了上风,要不是绿蒂允许我伏在她手上痛哭一场以纾解积郁,从而得到一点点可怜的安慰的话,我就不得不离开她,不得不跑出去。【名师点睛:表明维特的心思动摇了,有了离开山村的想法。】

我在广阔的田野里徘徊,在攀登一座座陡峭的山峰中追寻宁静,在没有路径的森林里踯躅,在满是荆棘的灌木丛中穿行,让它们刺破我的手和脸,撕碎我的衣服!这样,我心中才会好受一点儿!但也就是一点儿而已!

有时我又渴又累,就停下来休息一会儿;有时深更半夜,皓月当空,我待在寂寥的森林里,坐在盘曲的树上,在催人入眠的寂静中酣睡到东方破晓!

唉,威廉,一间修道士寂寞的陋室,一件粗羊毛织的长袍和一根荆条腰带便是我灵魂的清凉剂。再见!除了坟墓,我看不到这痛苦的尽头。【名师点睛:维特痛苦难当,满腹酸楚,却又无从发泄,只得选择逃避,远离绿蒂。】

阅读与思考

1. 维特伏在绿蒂的手上痛哭,他在倾诉什么?
2. 认真阅读第二自然段,你如何看待作者对维特感受的描写?

9 月 3 日

名师导读

维特决定离开瓦尔海姆,放弃没有希望的爱情。

我不得不离开!威廉,我要谢谢你,是你坚定了我动摇的决心。【名师点睛:朋友力劝维特离开这个山村,维特终于下定决心要离开了。】整整两个星期,我反复思忖要离开她。我非离开不可了。她又进城来了,住在一位女友家里。还有阿尔贝特——还有——我非离开不可了!

▶ 少年维特的烦恼

9月10日

M 名师导读

寂静的夜里,维特、阿尔贝特和绿蒂三人在坡台散步。绿蒂因回忆起她母亲临终前的情景而伤心落泪,维特和阿尔贝特是怎样安慰她的呢?

那是在一个黑夜里发生的事!威廉呀!现在我总算经受住了这一切。我将不会再见她了!哦,我亲爱的朋友,此刻我恨不得飞去抱住你的脖子,好好哭一场,来表达我狂喜的心情。【名师点睛:"狂喜"用反语的手法,写出了此时维特心中的悲痛与不舍,他将放下对绿蒂的感情,并永远地离开她。】我坐在这儿,大口喘着气,竭力使自己平静下来,等待黎明的来临。我预订的马车将在日出时启程。

唉,她现在睡得正安稳,估计没想过会再也见不到我了吧!我是咬着牙离开她的,我确实够坚强的,同她谈了两个小时,丝毫没有泄露自己的计划。上天知道,这对我来说是一次什么样的谈话呀!

阿尔贝特约了我,晚饭后和绿蒂一起在花园里叙叙。我站在高高的坡台上,望着夕阳,最后一次目送着它缓缓落下秀丽的山谷。我曾经多少次和她一起站在这里观赏这壮丽的景色,但是现在呢——我在林荫道上徘徊,在还没有认识绿蒂时,这条充满神秘力量的林荫道一直吸引着我,让我在此流连忘返。我和她刚相识时,便发现两人都喜爱这小小的地方,它真是一个富有浪漫情调的场所,是我平生仅见的艺术珍品。

只有到了栗树之间,你才会有宽阔的视野。啊,我记得,我曾多次在信里向你说起过,高大的山毛榉排列成两道树墙,一片供观赏的丛林与之相连,林荫道因此变得更加幽暗,在它的尽头有一片与世隔绝的小天地,寂静孤寂中透出一股阴森之气。【写作借鉴:景物描写,从侧面衬托出维特此时的心情——孤寂、落寞。】至今我仍记得那天正午,当我第一次走进里边时，心里感到非常亲切，当时我隐隐约约地预感到，在这方天地里，我将会饱尝幸福和痛苦的滋味。

此时的我沉浸在离别的惆怅和再次见面的欢愉中，思绪万千。大约等了半个小时，就听到他们往坡台上走来的脚步声。我跑着迎了过去，微微战栗地握住她的手亲吻着。我们登上坡台时，月亮也恰好从郁郁葱葱的山冈后面升上来了。我们漫无边际地闲聊着，不知不觉地走近了这幽暗的凉亭。绿蒂走进去，坐了下来，阿尔贝特坐在她的身边，我也坐在她的另一边。可是，我的内心无法平静，难以久坐，我便站起身来，在她面前来回走了一阵，又重新坐下，这处境真让人焦虑不安。【写作借鉴：通过对维特的动作描写，表现了维特内心的矛盾纠结。】这时月光映照在山毛榉树墙尽头的整个坡台上，她让我们注意欣赏月光的魅力：这景色真美，因为我们四周都笼罩在朦胧的幽暗之中，因此那月光辉映之处就越发显得绚丽夺目。我们都没说话，过了一会儿，她先开口："我每次在月光下散步总会想起故去的亲人，死亡、未来等问题总会袭扰我的心头，我们最终都是要死的！"她接着又说，声音里充满庄严壮美的感情："可是，维特，我们死后还会再重逢吗？会认得出来对方吗？你能想象吗？对此你怎么说？"

"绿蒂，"我说，同时把手伸给她，眼里滚着泪水，"我们会再见的！会在这里或别处再见的！"我说不下去了——威廉呀，此刻我心里正充满了离愁别绪，她又偏偏问这些！

"我们死去的亲人究竟知不知道我们的情况？会不会感觉到我们过得很幸福？知道我们用热烈的爱追忆着他们吗？哦！每到静悄悄的夜晚，我坐在妈妈的孩子们中间，孩子们团团围住我，就像从前围绕在她身边一样，这时妈妈的形象总是浮现在我眼前。我噙着眼泪渴望地望着天，希望她能够看我们一眼，看看我有没有遵守她临终时我向她许下的诺言：做她的孩子们的妈妈。我激动得几乎喊出来：'最亲爱的妈妈，如果我对待他们没有像你那样周到，原谅我吧。哦！我能够做的，我都尽

▶ 少年维特的烦恼

力做了；给他们穿暖，吃饱，教育他们，爱抚他们。【名师点睛：自从母亲去世后，绿蒂一直担任着母亲的角色，抚养弟弟妹妹，操持着家务。她勤劳且善良，浑身散发着母性的光辉。】你能看到我们多么和睦！亲爱的妈妈，你会用最热烈的感激之情颂扬上天，你曾用临终的、痛苦的眼睛向上天祈祷，保佑孩子们幸福。'"

她说了这么一番话！哦！威廉，谁又能把她说的话重复一遍！冷冰冰的、呆板的文字又怎能描画出那样一番美丽圣洁的精神世界呢！阿尔贝特温柔地插话说："你太激动了，亲爱的绿蒂！我知道，你心里总在想着这些事，但是，我求你……"

"哦，阿尔贝特，"她说，"我知道，你永远不会忘记那些夜晚，每当爸爸出门去了，弟妹们也都上床睡觉去了，这时我们就一起坐在那张小圆桌旁。你常常带着本好书，但是你很少能读下去——同这个美丽的灵魂交流不是比什么事都重要吗？我那美丽、温柔、活泼、勤劳的母亲呀！我常常在床上，眼含泪水向上天祈求：让我也像妈妈一样。我的眼泪上天是知道的。"【名师点睛：善良的绿蒂害怕自己没有完成母亲的遗愿，经常祈祷，希望自己和母亲一样能干。】

"绿蒂！"我一面喊，一面跪倒在她跟前，握住她的手，让它浸在我的热泪中。"绿蒂！上天会赐福给你，你母亲的在天之灵也会保佑你的！"

"如果你能一早认识她该有多好呀，"绿蒂紧紧握住我的手说，"她值得你认识呢！"听到这话，我自觉飘飘然起来。在此之前，从未有人用如此崇高、尊敬的字眼评价我，她又说："我妈妈去世时正当英年。她最小的儿子还不满六个月！她得病的时间不长，死的时候很平静，也很安详，只是心疼孩子们，特别是最小的孩子。她临终前对我说：'当他们的妈妈吧！'我把手伸给她，向她做了保证。父亲为了不让我们看到他悲痛欲绝的一面，出门去了，作为丈夫，他的心已经碎了。阿尔贝特，当时你也在房里。她听见有人走动，便问是谁，并要求你到她跟前去。她以欣慰和安详的目光注视着我们，她相信我们是幸福的，我们两人在一起是幸

福的……"【名师点睛:通过绿蒂的话可知,她的母亲临终前已经将绿蒂托付给阿尔贝特。】

阿尔贝特一下搂住她的脖子,一边吻她一边大声说道:"我们是幸福的!是的!现在是幸福的,将来也会是幸福的!"冷静的阿尔贝特完全失去了自制力。我自己也是百感交集,怅然若失。

"维特,"她接着又说,"这样的一位女性,上天让她这么早就离世了!有时我在想,当最珍视的人被抬走的时候,最伤心的应该是孩子,因为很久以后他们依然还在抱怨穿黑衣服的人抬走了妈妈!"

她站起身来,我才恍如大梦初醒,同时深为震惊,因此仍呆坐在那儿,握着她的手。她说:"我们走吧,时候不早了。"她想缩回她的手,我却握得更紧了。我叫道:"我们会再见的,我们会重新相聚的,我们的容貌无论有多大变化,我们都会认出彼此的。我走啦,"我接着又说,"我心甘情愿地走了,但是,我不愿说'永别'两字,这叫我怎么受得了!再见吧,绿蒂!再见吧,阿尔贝特!我们会再见的。"【名师点睛:维特忍了一晚上,终于在离别时勇敢地说出了"再见"二字,并坚信他们有一天会再相见的。】

"我想就是明天吧。"她戏谑地说——明天,它意味着什么啊?唉,她从我手里抽回她的手时,还全然不知呢。【名师点睛:单纯的绿蒂深陷回忆中,一时没有领悟维特的"离开"是离开此地,是永别。】

他们朝林荫道走去,我起身目送他们在月光中离去。我扑倒在地,放声大哭,随后又一跃而起,奔上坡台,还能看见她的白色衣裙在高高的菩提树的阴影里闪动,他们已朝着花园的大门走去。我伸出手臂,这时她的身影已经消失了。

Z 知识考点

1.填空题。

月明星疏的夜晚,维特和_____、_____在坡台欣赏着夜色。看着美丽的夜色,_____回忆起母亲临终前的情景,伤心得忍

▶ 少年维特的烦恼

不住落泪，流露出对母亲的思念。

2. 判断题。

（1）曾经美丽的山冈、林荫道，是维特、绿蒂和阿尔贝特经常一起走过的地方，如今，成了伤心离别地。（　　）

（2）绿蒂的母亲在临终前已经将绿蒂托付给阿尔贝特。（　　）

3. 问答题。

根据绿蒂对母亲的回忆，试分析绿蒂有怎样的性格，这样的性格又是如何形成的。

_____

_____

阅读与思考

1. 维特一晚上坐立难安是因为什么？

2. 维特走后，他会忘了绿蒂，获得幸福的生活吗？

下 篇

1771 年 10 月 20 日

名师导读

> 维特离开小山村，在公使馆找到了一份工作，以他的能力与才华，应该是得心应手，轻松自在。然而，维特工作得并不开心，这是为什么呢？

昨天我们就已经抵达了这里。公使身体不舒服，要在家里休息几天。他要是对人脾气随和些，那么一切就很完美了。我发现，我一再发现，命运总是给我安排各种各样的考验。千万要鼓起勇气啊！心情一轻松，便什么都能忍受了。好个心情轻松，这话竟然出自我的笔下，简直令人好笑！唉，一丝的轻松愉快就可以让我成为天底下最幸福的人了。可不是吗，别人有一点点能力、一点点天分，便沾沾自喜，到处夸夸其谈，我干吗还要如此悲观失望，怀疑自己的能力和天赋呢？仁慈的造物主，感谢你赐予了我这一切，可你为什么不少给我一半才能，而多给我一些自信呢？【名师点睛：维特虽然才华横溢，但是工作中不得志，因为他不够乐观和自信。】

别急！别急！情况会好起来的。亲爱的朋友，你的意见很正确。自从我每天在人们中间忙忙碌碌，观察他们干什么和怎么干以来，我心绪好多了。的确，我们总爱拿自己和其他人反反复复地进行比较。所以，我们幸福还是不幸，全取决于我们与之相比的是些什么人。所以，最大的危险，就莫过于孤身独处了。我们的脑子受人类天性的影响，总是喜欢仰望高处，再加上受到诗里的幻境的激发，便常常臆造出一些地位无比优越于我们的人来，好像他们个个都比自己杰出，个个都比自己完美，

少年维特的烦恼

而且我们甚至还认为这些想法理所当然。我们常常感到自己身上有这样那样的缺陷;在我们看来,我们所欠缺的,别人偏偏都有。不仅如此,我们还把自己所有的品质全加在他的身上,外搭着某种心满意足。这样,一个完美无缺的人就出现了,只不过是我们自己臆造的。

反之,如果我们不顾自己的缺陷,一个劲儿地往前赶,我们就会发现,我们虽然步履踉跄,不断迷路,却仍比其他那些又张帆又划桨的人走得远,而且,一旦你与其他人并驾齐驱,或者甚至超越了他们,你就会真正感觉到自身的价值了。【名师点睛:虽然维特受到挫折,但还是不断的鼓励自己,努力发现自身的价值。】

知识考点

1. 填空题。

如果我们不顾自己的_____,一个劲儿地往前赶,我们就会发现,我们虽然_____,不断迷路,却仍比其他那些_____的人走得远,而且,一旦你与其他人并驾齐驱,或者甚至超越了他们,你就会真正感觉到_____了。

2. 判断题。

(1)离开瓦尔海姆,维特凭借自己的本事在公使馆谋到一份工作。(   )

(2)维特觉得,人们常常臆造出一些比自己优越的人。(   )

3. 问答题。

维特不得志的原因是什么?

_____

_____

阅读与思考

1. 维特在公使馆工作得不开心,主要表现在哪些方面?

2. 维特不被赏识,十分苦恼,从哪里可以看出来?

11月26日

> **M 名师导读**
>
> 维特在上班的地方认识了学识渊博的C伯爵,C伯爵是一个怎样的人呢?

我总算勉勉强强在这里安顿下来了。最使我高兴的是这儿有许多工作可做;此外,还有许多形形色色的人,百态千姿,好像在对着我的灵魂上演一场场闹剧。我已经结识了C伯爵,一位令我日益尊敬的博学而杰出的男子。他见多识广,所以对人一点也不冷漠;从他的待人接物当中可以明显看出他是很重感情的。有一次,我因为某件公事到他家去见他,他便表现出对我有好感。一经交谈,他便发现我们能够相互理解,可以同我像同他的少数知心朋友那样倾谈。还有他的态度之坦率,让人惊叹不已。世间最纯粹、最暖人胸怀的乐事,恐怕莫过于看见一颗伟大的心灵对自己开诚相见吧。【名师点睛:作者讴歌了具有宽广的心胸和伟大的心灵的人,这是对维特的内心剖析。】

12月24日

> **M 名师导读**
>
> 上司的吹毛求疵、迂腐、啰唆令维特感到十分厌烦。一次,面对上司的数落,维特是怎样辩驳的呢?认识B小姐之后,他又看到了社会的哪些弊端?

公使真的让我烦透了,这是我先前预料到的。他是一个老古板,非常拘泥于细节,世上再也找不出第二个比他更古板的了。一板一眼,啰里啰唆,活像个老太婆。他这人对任何事从来没有满意的时候,因此也

少年维特的烦恼

没有人能够称他的心。【写作借鉴：此处交代了公使是个古板迂腐的人，为下文写维特的工作不顺利埋下伏笔。】我喜欢的可是办事爽快麻利，该怎样就怎样。而他呢，却有本事把文稿退还给我，说什么"文章嘛写得倒挺好，不过，您不妨再看看，每看一遍总可以找到一个更好的句子，一个更合适的词语"。

我简直要被气死了。他不允许少用一个"和"字，或者省去一个连接词，偶尔我不留神采取了几个倒装句，而他正是反对一切倒装句。假如没有按照传统的节奏来写复合长句，那么，他根本就无法看明白。和这样一个人来往办事，实在是一种折磨。

唯一值得安慰的是C伯爵对我的信任。最近他十分坦率地对我说，他对公使迟疑不决的慢腾腾作风十分不满。他认为这种人不但增加自己的麻烦，而且拖累了旁人。"不过，"他说，"我们不得不逆来顺受，正像一个必须跨越一座山岭的旅行家。如果前面没有山岭，路程当然方便得多，也近得多。现在它既然挡在那里，就应该翻越过去……"【写作借鉴：将困难比作山岭，虽然高大、险阻，但是我们必须翻越过去。这句话表现了C伯爵的智慧。】

比起公使来，伯爵更为赏识我，这位公使可能觉察到了，因此内心恼怒，利用所有机会，在我面前大讲特讲伯爵的坏话。我自然为伯爵辩驳，如此这般，事情变得更糟糕了。就在昨天，他说的话让我火冒三丈。他说：伯爵熟悉事务，办事干练，文笔也不错，可就是跟爱好文艺的人一样，缺少扎实的学识。讲这话时，他脸上那副表情仿佛在问："怎么样，刺痛你了吧？"我才不吃这一套哩，我鄙视一个会有这样思想和行为的人，便与他针锋相对，毫不让步。我知道，无论人品或是学识，伯爵都是一个值得人们尊敬的人。

"在我所认识的人中，"我说，"没有谁能像他那样心胸开阔，见多识广，同时又精于日常事务的。"【名师点睛：正直的维特据理力争，维护C伯爵的尊严。】

对头脑、思想如此狭隘的公使而言,我这番话无异于对牛弹琴。为了不再继续这愚蠢的谈话,以免更怒火丛生,我便向他告辞了。

这一切都得怪你们,都是你们唠唠叨叨,向我鼓吹那么多关于"有所作为"的话,把我套进这具牛轭里去。"有所作为!"如果一个种好土豆,又骑马进城出售谷物的人,所做的事还比不上我,那我甘愿在目前囚住我的这只牢船上再服十年苦役。

此地聚集的小市民,都令人生厌,即使表面光鲜,也难掩精神的贫乏和空虚无聊!他们彼此斤斤计较,相互提防,就只为出人头地,只为追名逐利,如此赤裸裸的欲望暴露无遗,真是可悲可怜。比如有一个女人,她逢人便讲她的贵族血统和领地,使每个不知内情的人都只能当她是白痴,要不怎么把自己那点儿贵族的血液和世袭领地竟看得如此了不起呢?

更糟糕的是,这个女人偏偏只是本地一名书记官的千金。唉,我是真不明白这类人,他们怎么这样没有头脑,如此自轻自贱呀!

不过,我亲爱的朋友,现在我也渐渐明白,用自己来衡量别人是一件多么愚蠢的事。更何况我自己本身就有很多缺点,我的心神又是那么动荡不安——唉,我乐意让别人走他们自己的路,只要他们也能让我走自己的路。

最令我恼火的是市民阶层的可悲处境。尽管我和大家一样,也清楚地了解等级差别是必要的,它甚至还给我本人带来了不少的好处,可是,它同时又恰好阻挡了我的路,妨碍我享受这世界上有限的欢乐和短暂的幸福。【名师点睛:维特虽然享受到等级制度带来的便利,但又同时拥有尊崇自由和平等的思想,这让他备受煎熬。】

最近,我在散步时认识了贵族小姐B。她是一个非常可爱的姑娘,在眼下如此呆板的环境中,她还能保有不多见的天真本性。我们聊得非常愉快,临别时,我请求她准许我去她家拜访。她非常爽快地答应了,这让我更加迫不及待地想要去她那里。

她并非本地人,而是寄居在一位姑妈家里。老太太的长相是我一见

> 少年维特的烦恼

就不喜欢的类型，但我仍然对她十分敬重，大多数的时间都在和她说话。于是不到半小时，我便摸清了她的底儿，而事后 B 小姐也向我吐露了一些情况。原来她亲爱的姑妈老年事事不如意，既无一笔符合身份的产业，也无任何智慧和可依靠的人，有的只是祖先的荣耀和空空的贵族地位，她唯一的消遣，就是从她楼上居高临下地俯视脚下市民的脑袋。

【名师点睛：讽刺了那些没钱没势的没落贵族自命尊贵、鄙视市民阶层的丑陋嘴脸。】

据说她年轻时也是个美人，但虚度了一生。起初她以她的执拗任性折磨得许多可怜的小伙子痛苦万分，等到年华老去，不得已屈从了一位听话的老军官。老军官和她一起共度了凄凉的晚年，后来竟先她一步离世了。现在她已到风烛残年，孤身只影，如果不是她的侄女那么可爱，谁还愿意去理睬她呀。【名师点睛：此处向我们展示了傲慢和待人缺乏真诚的后果。】

Z 知识考点

1. 填空题。

我简直要被气死了。他不允许_____，或者省去一个连接词，偶尔我不留神采取了_____，而他正是反对一切倒装句。假如没有按照传统的节奏来写复合长句，那么，他根本就_____。和这样一个人来往办事，实在是一种折磨。

2. 判断题。

本文通过描写庸碌无为的公使，刻画了社会上公职人员迂腐死板、高傲自大的形象。　　　　　　　　　　　　　　　（　　）

3. 问答题。

文中哪句话体现了上司的挑剔与麻烦？

_____

_____

1772年1月8日

> **M 名师导读**
> 维特对职场上的钩心斗角、趋炎附势是怎样看待的呢?

这都是一些什么人呀,整个的心思都系挂在那些人事关系上,一年到头盘算和希冀的只是怎样才能在宴席上把自己的席次再升一升。【名师点睛:周围的人全是追逐名利之辈,与正直的维特有着本质的差别。】并非他们除此之外别无事做,相反,事情多得成堆,恰恰是因为他们只忙于那些无聊的琐事,才耽误了重要的工作。在上星期乘雪橇出游时又发生了争吵,结果败了大家的游兴。

这群傻瓜,他们难道看不出来吗?其实,位置并没有什么意义,首席上所坐之人,往往都不是第一号角色!这情形,就如同多少国王是被他们的大臣管理,多少大臣又是被他们的秘书统辖的!那么,谁能算第一号人物呢?我私下认为,第一号人物一定视野超群、大权在握又心有城府,会利用他人的力量和热情,来将自己的计谋实现。

1月20日

> **M 名师导读**
> 维特在难过之余给绿蒂写信,向她介绍了在D镇的情况,包括B小姐的身世,同时也表达了自己的思念之情。

亲爱的绿蒂,我为了躲避一场暴风雪,来到了一家农舍小客栈。在此地的客房里,我想给你写封信。在D镇那凄凉的巢穴中,我要同那些陌生的、与我的心深有隔阂的人周旋,我根本没有一时一刻,没有任何时间安下心来给你写信。

少年维特的烦恼

现在,待在这所茅屋里,在寂寥孤独中,在雪花冰雹乱打小窗的恶劣环境里,我第一个想到的就是你。【名师点睛:屋外恶劣的天气,让维特的心绪更加低落,只有给绿蒂写信才是他唯一的慰藉。】我一走进小屋,你的风姿,你的神态,一下子袭上了我心头,哦,绿蒂!多么圣洁,多么温情!仁慈的上天呀!那第一次幸福的时刻又回来了。

我最亲爱的绿蒂,如果你能目睹,你就会知道,我心神不定、精神恍惚,我将被这股感情的狂澜吞没了!我已经完全神志不清了!我的心没有片刻是满足的,也没有片刻是快乐的!一无所有!一无所有!我如同在一架西洋镜前站立,眼瞅着在面前转动的小人小马,总是自问,这是不是光学造成的错觉?而我本人也在表演者行列,更多的时候,被人耍弄,貌似傀儡,时不时我捉住了旁边人的木头手,被吓得连忙缩回。

晚上,我下决心要享受日出,早晨却起不来床;白天,我希望能欣赏月色,天黑了却又待在房中不愿出去。我不明白,我为什么起床,为什么入睡。【名师点睛:此处表现了维特的愁苦、忧郁与烦闷。】我丧失了让我的生命活跃起来的酵母,让我在深夜里保持清醒的刺激已经没有了。

我在此地认识了一位名叫B的小姐,她很像你,亲爱的绿蒂,如果说谁还能像你的话。"哎,"你会说,"瞧,这人多会献殷勤哩!"

这话倒也并非完全不对,一段时间以来,我的确变得有礼貌多了,机灵多了——不如此不行啊!所以女士们讲:谁也不如我会说奉承话。"还有骗人的话。"(你会补充说。是的!可是,不如此不行啊,你懂吗?)

让我来谈谈B小姐吧,她的一双蓝湛湛的眼睛透露着心灵的美丽。她的身份拖累了她,使她事事不能如愿,她渴望离开这混乱的地方。【名师点睛:B小姐虽然是贵族,但她也憧憬着浪漫、自在的田园生活。】我们一起谈了很多,神游在乡村的景色中,向往那纯洁无垢的欢乐;唉,还谈到了你!她十分乐意听到你的情况,并且表示喜欢你。

啊,我真愿能再坐在你的膝边,坐在那间舒适可爱的小房间里,让那些可爱的弟妹们在我们的周围打闹嬉戏啊!要是你嫌他们吵得太厉害,我就可以让他们聚到我身边来,安安静静地听我讲一些可怕的鬼故事。

美丽的夕阳慢慢沉落在闪着雪光的原野上,暴风雪过去了,而我呢,又必须把自己关进我的笼子里去了……【写作借鉴:此处为景物描写。写完了信,维特再次回到残酷的现实中。】

再见!阿尔贝特和你在一起吗?你究竟过得……愿你饶恕我提这个问题!

阅读与思考

1. B 小姐在维特的心目中是怎样的?
2. 维特所说的"笼子"有什么含义?

2月8日

名师导读

此时的维特为什么喜欢恶劣的天气,而讨厌风和日丽的天气呢?

恶劣的天气持续了一个星期,但是我却很惬意。【名师点睛:引起读者的好奇心,吸引读者继续阅读,寻找原因。】因为我来到此地后,每逢风和日丽,总有人来打扰我,把好端端的日子糟蹋了。下雨、飘雪、结霜、起露的时候……哈哈!我心里想,这下好了,待在屋里不比待在外边差,反过来也是好事。

每当清晨旭日初升,晴好的一天开始时,我总是要情不自禁地高声呼喊:又一份天赐财富到来,他们彼此之间,又要开始争抢!不管什么,他们总是在你争我夺,比如健康、名誉、玩乐、度假!大部分的争抢,是由于愚昧、无知、狭隘,如果只听他们自己的标榜,每个人都是善士。我有时真想跪下去求他们,别这么发疯似的大动肝火好不好啊?【名师点睛:维特虽然看到了人性中的众多弊病,但因缺乏斗争的力量,他感觉力不从心,

少年维特的烦恼

因而被这种矛盾深深地折磨着。由此也暗示在当时的社会环境中,斗争的力量亟待觉醒。】

2月17日

> **M 名师导读**
>
> 公使与维特的矛盾激化,他向宫廷告状,使得维特无法继续待在公使馆,维特决定递交辞呈。此时,维特收到了一封部长的信……

我想我与公使共事的时间不会太长了。这个人简直叫你没法忍受,他办公和处理问题的方式十分可笑,我常常禁不住要讲出自己的看法来顶撞他,或者干脆按照自己的想法和方式行事,结果自然件件不能令他满意。【名师点睛:心高气傲、激情澎湃的维特注定不会在这里久待,他厌恶制度的桎梏。】他最近到宫廷里告了我一状,部长也对我警告了一次,虽然很温和,但毕竟是警告。

我正打算递交辞呈,却收到了一封部长的私人信件。对这封信,我真是佩服之至,膜拜不已,因为信里满是高尚睿智的思想。他叫我不要太感情用事,对我在工作、感化别人、掌握事业等方面所持的偏激观念表示钦佩,认为这是年轻人的英勇气概,不应磨灭,但要有节制,要引导到能发挥作用和产生效果的地方才好。【名师点睛:观念的不同导致维特在这里不受待见,这也是维特辞职的主要原因。】我花了一个星期使自己坚强起来,终于使身心舒畅了。心灵的安宁真是个宝,它就是喜悦本身。亲爱的朋友,愿这珍宝如同它的美丽和珍贵那样,不易破碎才好!

> **Y 阅读与思考**
>
> 1. 维特为什么要辞职?
> 2. 维特和上司之间的主要矛盾是什么?

2月20日

> **M 名师导读**
>
> 经历了一段不愉快的工作,悠闲的维特更加思念绿蒂,每天对着她的画像默默祈祷。

愿上天保佑你们,我亲爱的朋友们!愿他把从我这儿夺去的好日子,统统赐予你们吧。

我很感谢你,阿尔贝特,感谢你瞒着我。我一直在等待你们结婚的消息。我已下定决心,一旦这大喜的日子到来,就郑重其事地从墙上把绿蒂那张剪影取掉,藏到其他的画片中间去。喏,眼下你们已经成为眷属,可她的剪影仍然挂在这里,是的,还要让它一直挂着!为什么不呢?我知道,我仍然存在于你们那儿,留在绿蒂的心中,没有损害到你,我在她的心上占着第二的位置,我要,我一定要保持这个位置。【名师点睛:即使绿蒂结婚了,也无法改变她在维特心中的地位,表现出维特刻骨铭心的爱恋。】哦,如果她把我忘了,那我一定会发狂的。——阿尔贝特,想到这里我痛不欲生。阿尔贝特,再见了!绿蒂,再见吧,我的宝贝!

3月15日

> **M 名师导读**
>
> 维特应C伯爵之约去他府上吃饭,正好赶上一个贵族聚会。在聚会上,维特遭遇了什么事呢?

最近,我遇到了一件倒霉的事,我或许会因为这件倒霉事而被赶走。我气得直咬牙!不论做什么都没法弥补了,这都是你们的过错,你们鞭策我,催迫我,折磨我,要我接受一个自己不中意的职位。【名师点睛:维

少年维特的烦恼

特后悔听了朋友的劝告,接受了这份工作,现在他认为这是对他的折磨。]现在我自作自受!你们也自作自受!你们又会说,都是我偏激的观念弄糟了一切,好吧,亲爱的先生,我给你谈谈事情的经过吧。

众所周知,C伯爵很欣赏、器重我,我对你说过不下百遍了吧。昨天,我在他府上做客,恰好,就在那晚,贵族先生太太要在那里聚会,我没有想到这件事,也没有设想到我们这些下属是不可以参加聚会的。事情就是如此:我在伯爵府上用餐,餐后,我们在大厅里散步,我同伯爵谈了一会儿,又和前来参加聚会的B上校谈了一会儿,于是,聚会的时间就快到了。天晓得,我却压根儿就没想到这件事!

这时,高贵的S太太率领着自己的丈夫以及她那只孵化得很好的小鹅——一位穿着紧身胸衣、纤腰迷人的千金走进来了,并且在经过我身边时高高扬着他们那世袭贵族的眼睛和鼻孔。[写作借鉴:通过对没落贵族的神态、动作的描写,讽刺了贵族们自以为是、装腔作势的丑陋姿态。]我打心眼里讨厌这号人,因此打算一等伯爵与他们寒暄完就去向他告辞,谁知这时我那位B小姐也来了。我每次一见她就感到几分欣喜,便留了下来,站在她的椅子背后,过了好一会儿我才察觉到她和我交谈不如平时那样随便,样子也颇有些窘迫。

难道她和别人都一样?我不禁暗想,也不禁生起气来了,正准备马上走,却依旧留了下来,因为我还愿意相信她,不相信她真是这样的人,并且希望从她嘴里听到一两句好话,还有——随便你怎么想吧,反正我留了下来。

这时,聚会的人已经到齐了,有穿戴着参加弗朗茨一世[1708—1765年,神圣罗马帝国皇帝,他的加冕典礼于1745年举行]加冕时的全套盛装的F男爵;有带着自己的聋子老婆,在这种场合被郑重地称为R大人的宫廷顾问,等等。此外,还不应忘记提到的是捉襟见肘的J,他在自己满是窟窿的老古董礼服上,打着许多新式衣料碎片的补丁。聚到一块儿的都是这种人物,我与我相识的人攀谈,他们全都一副爱理不理的样子。我想……我只留心着我的 B 小姐,没注意到女人们都凑到大厅的尽头,在那儿叽叽咕咕地咬耳朵;也没注意到,后来男人们也受了传染;更没注意到,S 太太一个劲儿地在对伯爵讲着什么(这些情形全是事后 B 小姐告诉我的)。直到伯爵向我走来,把我领到一扇窗户跟前。

"您了解我们的特殊处境,"他说,"我发现,参加聚会的各位都对您的在场感到十分不满。我本人可是什么也不想……"【名师点睛:伯爵的话间接地表明了那些贵族的意思,即维特没有资格在伯爵家参加聚会。】

"阁下,"我抢过话头说,"千万请您原谅,我事先没有考虑周全,不过我知道中途告退,您会认为我失礼。我本来早就想告辞,却让一个恶灵给留住了。"我微笑着补充道,同时礼貌地鞠了一躬。

伯爵意味深长地紧紧握着我的手。我不声不响地走出了这帮贵族聚会的大厅,出门坐上一辆轻便的马车,飞快地向着 M 地驶去。【名师点睛:"不声不响""飞快"表明维特的内心受到了侮辱。】

在那儿,我一边在小山上观赏落日,一边读我的《荷马史诗》,歌唱奥德修斯如何受着好客的猪倌款待[奥德修斯征战特洛伊,归途中在海上经过漫长岁月的漂泊,历尽艰辛,终于回到故乡,他在女神雅典娜的帮助下变成一个年迈的乞丐,受到猪倌尤迈奥的热情款待]的诗篇。一切都是如此的美好啊!

傍晚回寓所吃饭时,客厅里已经没有几个人了。他们挤在一个角落里掷骰子,把桌布都翻了起来。这时,当地为人诚恳的阿德林走过来,脱下帽子,一见我就靠拢过来低声说:

"你碰钉子了?"

"我?"我不解地问。

"可不是,伯爵把你从聚会上赶出来啦?"

"见他们的鬼去吧!"我说,"我更喜欢到外面呼吸呼吸新鲜空气呢。"

"这样就好,你自己能不在乎就好。"他说,"可令我讨厌的是,眼下已经闹得满城风雨了。"

少年维特的烦恼

到这时候，我才感觉不自在起来。所有来进餐的人都盯着我瞧，我想原因就在这里吧！这才叫恼人啊！

直到今天，无论我走到哪里，都有人怜悯我，我听见那些忌妒我的人现在得意扬扬地说："瞧，这就是狂妄自大的家伙的下场，他们自以为有一点子头脑，自吹自擂，以为什么场合都可以有他们的份。"以及诸如此类的话。虽然人们喜欢谈什么"独立自持"，但是如果一些恶棍占了他的上风，说他的坏话，我倒要看看谁能够忍受得了；如果他们的废话是无的放矢，唉，那倒还容易置之不理。

知识考点

1. 填空题。

维特从伯爵府回到寓所，看见一群人在客厅的角落里_____，当地为人诚恳的_____走过来告诉维特，他被"驱赶"的事已经闹得满城风雨了。

2. 判断题。

（1）维特在伯爵府的聚会上遇到了B小姐，他们没有交谈过。（　　）

（2）伯爵把维特从府上赶了出来。（　　）

3. 问答题。

这次伯爵府的聚会对维特产生了什么影响？

_____

_____

阅读与思考

1. 维特觉得聚会的场面很尴尬，准备离开却又留了下来，这是为什么？

2. 维特在伯爵府受到了什么羞辱？

3月16日

> **M 名师导读**
>
> 和B小姐的偶遇，维特知道了很多人都对他抱有歧视的态度，这让维特的自尊心大大受伤，他会怎样梳理自己愤愤不平的情绪呢？

没有不让我生气的事情。今日，我在林荫道上遇到B小姐，情不自禁地先一步向她问候。等我们离其他人稍远一些时，我就向她表示，最近她的态度极大地伤害了我。

"哦！维特！"她用一种恳切的声调说，"我想你是了解我的心的，怎么还能这样误解我当时的狼狈和不安呢？我一踏进客厅，为了你忍受了多大的痛苦呀！后来的一切我都预料到了，本来想提醒你的。我知道，S太太和T太太宁肯带着她们的男人退场，也绝不愿意和你在一起。而且伯爵也不好得罪他们……眼下可好，闹得更厉害了！"

"眼下怎样了，B小姐？"我问，同时掩饰着内心的恐惧，而前天阿德林给我讲的一切，此刻就像沸腾的开水般在我血管里急速流动起来。

【写作借鉴：比喻修辞。一想到阿德林之前的话，维特感到恐惧和愤怒。】

"你可害得我好苦啊！"说着说着，这位可爱的人儿眼里就噙满了泪水。

我再也控制不住自己，真想跪倒在她脚下。

"请你有话就说出来吧！"我嚷道。

泪珠顺着她的脸颊往下淌，我完全失去了自制力。她擦着眼泪，毫不掩饰自己的狼狈。

"你知道我姑妈吧，"她说道，"当时她也在场，噢，你不知道，她当时是用怎样的目光看着你的呀！维特，我昨天晚上好不容易熬过了训斥，今儿一早又为和你交往挨了一顿训。我还不得不听着她贬低你、辱骂你，却一点儿也不能为你辩解。"

85

> 少年维特的烦恼

B小姐说的每一句话，都像剑一样刺痛我的心。她体会不到，如果不提这一切对我来说将是多么大的仁慈。然而现在她又进一步告诉我，人家还有哪些流言蜚语，以及谁谁将因此扬扬得意。【名师点睛：维特本以为只是S太太她们讨厌他，没想到所有的贵族都看不起他，这无疑是往维特伤口上撒盐。】她说，那些早就指责我狂妄自大和目中无人的家伙，眼下正因为我受到的惩罚在幸灾乐祸，乐不可支。

威廉呀，听着她用满怀真诚同情的语气同我讲这些……我的心都碎了，怒火还在我的心中燃烧。巴不得有人敢当面说我的坏话，我可以一剑穿透他的身体，这样或许还能感到一丝的舒畅。唉！我已经上百次拿起刀子了，我要给这颗闷得难受的心透透气。【名师点睛：维特听了B小姐的解释，心胸积闷，恨不得刺破胸膛来释放闷气，刻画了维特自尊、傲气的一面。】据说有一种宝马，当它们热得难受，喘不过气来时，会本能地咬破自己的血管，好透透气。我也常常有这样的想法，真想割开自己的一根血管，以便获得永恒的自由。

阅读与思考

1. B小姐对维特转变态度的真正原因是什么？
2. 维特遇到的倒霉事反映了怎样的社会现实？

3月24日

名师导读

才华横溢的维特果断辞去公使馆的职务，他要去哪里呢？

我已经向公使馆提出辞职了，并希望能尽快得到批准。我没有事先征得你们的同意，想必你们也不会怪我的吧？我反正是非走不可了，而你们为劝我留下可能说的话，我也都知道……对了，请你把此事尽可能委婉地告诉我母亲,我自己目前已是无计可施,如果不能使她称心,那就只有求她原谅了。【名师点睛:工作环境令维特厌恶,他不再听取亲友的建议,毅然决然辞去职务。】这件事必定会叫她难过,眼看着自己儿子成为枢密顾问、成为公使的美好前程就此断送!无论你们持何种态度,无论你们提出多少设想,我都不可能留下来,反正我是走定了。

至于我要去哪里,我可以告诉你。某侯爵正在那里,他和我趣味相投,听到我的决定后,邀我到他的猎庄去共度明媚的春天。他保证我可以完全自主,我们颇能聊到一起,我愿意碰碰运气,和他结伴同行。

Z 知识考点

1. 填空题。

才华横溢的维特追求_____,要求平等和_____,但贵族总认为平民_____,维特决定辞去他的工作。

2. 判断题。

(1)提出辞职前,维特通知了亲友。　　　　　(　　)

(2)维特辞职后,决定去找绿蒂。　　　　　　(　　)

3. 问答题。

维特辞职后,决定去哪里?

_____

_____

Y 阅读与思考

1. 经历了爱情和事业的双重打击之后,维特该何去何从?

2. 结合生活实际,谈谈我们应该怎样面对别人无端的羞辱。

▶ 少年维特的烦恼

有关信息

4月19日

M 名师导读

维特的辞呈获得批准,并得到了一笔解职金。

感谢你的两封来信。我迟迟未做回复,是因为我想一直等到辞呈批下来再回信。我担心母亲会去找部长,使我的打算难以实现。眼下可好了,辞呈已经批下来了。我不想告诉你们,上边是多么不愿意批准它,以及部长在信中写了些什么话,否则,你们又该抱怨我了。【名师点睛:经过一番虚情假意的挽留,维特顺利地辞职了。】亲王赠给我25个杜克登[14—19世纪欧洲流通的金币]作为解职金,我感动得几乎掉泪。上次我写信向母亲要钱,现在不需要了。

5月5日

M 名师导读

回归自由的维特决定顺道回故乡看看,因为那里有他幸福的童年时光。

明天我就要离开这儿了。我的出生地离途经的某地只有几英里,我打算再去看看它,回忆充满幸福梦想的童年时光。当年父亲故去后,母亲就领着我离开了可爱的家园,如今我又要走进她曾领着我出来的同一道门里。再见,威廉,等着我在旅途中的消息吧。

5月9日

M 名师导读

维特回到故乡,这里风景依旧,让他倍感亲切。当维特安居在侯爵的猎庄时,他又莫名地痛苦起来,这是为什么呢?

我是怀着朝圣者般的虔诚心情完成我的故乡之行的,一些意想不到的情感在我心中油然而生。那株大菩提树,位于离城走一刻钟就能通往S地的路旁,于是我让邮车停下来,然后让邮车继续往前开,我就一路散步过去,边走边回忆往事,让自己能够重温那生动温暖的过去。我就在菩提树下站立,在我童年时,散步就以这株树作为目标和界限。昨日早已如烟逝去,再难追回!少年的我,天真烂漫,无比渴望能够到达更广阔的天地去,让自己的心灵汲取营养、欢享快乐,充实我的胸怀,更加舒畅自如。如今,我从广阔的世界归来——我的朋友啊,我回来了,可希望却已一个个破灭,理想也尽皆消亡了!【名师点睛:经历了爱情和事业的双重失败,维特的希望都破灭了。曾经他意气风发,如今却只能感慨。】

我看着面前横亘着的连绵的山岭,曾经我可是千百次向它寄托过我的愿望。我可以在这里一连坐上几个小时,悠然神往,内心漫游在绿荫丛中,迷失在幽谷里,它们透过朦胧的微光,亲切地袒露在我的眼底;回家的时候到了,我还舍不得离开这可爱的地方!

越来越接近城里,我问候那些老朋友般的古老房舍,反感那些陌生的新建房舍。进入城门,我一下子找到了童年。我亲爱的朋友,根本不用详细道来,对我来说,这里如此迷人,叙述起来恐怕非常单调。我决定在我旧居紧邻的市场那里投宿。我发现童年时那座由一位可敬的老太太管教我们的校舍已变成了一家杂货店了。我想到当年在这斗室里的不安、泪水、昏乱和恐惧。每走一步,无不触动我的心绪。如果一个有信

▶ 少年维特的烦恼

仰的人没有遇到这么多记忆的圣迹,那么他的灵魂恐怕也不可能容纳这么多神圣的激情。

我就说一说记忆中千百件经历中的一件吧。我沿河而下,走到了一个有农场的地方,从前我也常来这里,我们男孩子们喜欢在这里的河面上练习用扁平的石块打水漂儿。

我到现在还十分清晰地记得,我有时站在河边目送着河水,满脑子充满了奇妙的预想,追随着河水流向不可思议的地域,很快发现自己的想象到了尽头。尽管如此,我仍然努力想下去,直到终于忘情在一个看不见的地方。你瞧,朋友,我们那些杰出的祖先[指过去的大诗人,这里主要是指荷马]尽管孤陋寡闻,却也非常幸福!他们的感情和诗作是那么天真!当奥德修斯讲到无垠的大海和无边的大地时,他的话是那么的真实、感人、诚挚、幼稚而又十分神秘。现在我可以和每一个学童讲,地球是圆的,可这又对我有什么助力?人只需要小小的一块土地,便可以在上边安居乐业了;而为了得到永远的安息,他所需的地方就更小了。【名师点睛:回到自己出生的地方,维特想起了很多童年的往事。童年的天真烂漫早已不在,维特现在已经明白了很多事,从中可以看出维特很怀念童年的生活。最后以设问句结尾,阐明人要知足的道理。】

现在我住在侯爵的猎庄里。和这位侯爵相处倒很惬意,他待人真诚、纯朴。他周围老是有些奇怪的人物,似乎不是坏人,可是也缺乏正派人的气概。有时我觉得他们是正直的,但总没法相信他们。侯爵谈论事物,往往是些道听途说,或从书本上抄来的,而且喜欢人云亦云,全没有自己的见解。【名师点睛:金无足赤,人无完人,侯爵也有缺点。】

而且,他看重我的智慧和才气,远胜过重视我的心:殊不知我的心才是我唯一的骄傲,才是我的一切力量、一切幸福、一切痛苦以及一切一切的唯一源泉!唉,我知道的东西谁都可以知道,而我的心却为我所独有。【名师点睛:这句话是歌德的名句,同时表达了维特强烈的自我意识。】

Y 阅读与思考

1. 故乡物是人非,少年维特发出了哪些感想?
2. 在侯爵的猎庄,维特有哪些失望?这些失望刻画了怎样的人物性格?

5月25日

M 名师导读

维特曾经有一个计划——从军,他如愿以偿了吗?

曾有一个计划在我脑子里出现过,在计划实现以前,本不想让众人得知,如今计划全然失败,因此对你说说也就无妨了。原本,我想去参军,在我心中,此事实为夙愿。主要为此,我才跟随侯爵来到此地,他现任某地的将军。一次散步时,我向他透露了自己的想法,他把我劝止了,他认为如果我只是一时心血来潮,那还是不要参军的好。【名师点睛:侯爵曾打消过维特参军的念头,是因为维特的性格不适合当军人。】

6月11日

M 名师导读

维特和侯爵相处一段时间后,为什么决定要离开猎庄,浪迹天涯呢?

随你怎么说吧,我不可能再在这里待下去了。我在这里能有什么作用?在这里,我觉得日子极其冗长无趣。侯爵待我,可谓仁至义尽,不能再好,我却总是找不到自在之感。我们之间,毫无共同语言。他比较理性,但那理性却极为平常,和他往来,还不如埋头苦读更为愉悦。在这里,我还有八天可待,随后我就重新浪迹天涯。

少年维特的烦恼

我在这里干的最有意义的事是作画。侯爵颇具艺术感受力。他要是没有受到讨厌的科学概念和流行术语的局限,那么他对艺术的理解就会更深刻一些。有不少次,正当我兴致勃勃地在自然与艺术之宫中畅游时,他却突然自作聪明,从嘴里冒出一句有关艺术的套话来,还自认为恰到好处,直把我气得牙痒痒。【名师点睛:这段内容再次展现出维特的反叛精神,这既让他特立独行,保持着清醒的头脑,又使他不肯妥协并为此异常苦恼。】

6月16日

M 名师导读

失意的维特发出了感慨:相对于世界,自己不过是个过客。

是呀,我只是地球上的一个漂泊者,一个朝圣者!你们难道不是吗?

6月18日

M 名师导读

为了见到绿蒂,维特突然冒出了一个想法……

你问我打算去哪儿?那我就说实话吧。我不得不在此地再逗留14天,然后准备去参观X地的一些矿井。但参观矿井只不过是一个借口罢了,目的还是想借此离绿蒂近一些,仅此而已,我在笑我自己的心——我听从它的调遣。【名师点睛:维特为自己的行为感到好笑,因为维特忘不了绿蒂,希望见到她。】

7月29日

> **M 名师导读**
>
> 维特对与绿蒂再次相见充满期待和憧憬,可这时的绿蒂已成为阿尔贝特的妻子……

啊,这就好了!一切都妙极了!我做她的丈夫!哦,上天呀!如果您赐给我这份福气,我会一辈子感恩不尽。我不会反抗命运的,也请您原谅我的这些眼泪吧!原谅我这徒劳的愿望吧!让她做我的妻子!如果我能把天底下最最可爱的人儿抱在臂弯里!——威廉呀,阿尔贝特搂着她那苗条的身体时,我浑身都在发抖。【名师点睛:一想到情敌,维特就醋意大发。】

然而,我可以这样说吗,威廉?为什么不可以呢?她和我在一起会比和他在一起幸福啊!他不是那个能够满足她内心一切愿望的人。他这个人缺乏敏感,缺乏某种……唉,随你怎么理解吧。总之,在读到一本好书的某个片段时,他的心仍旧一片木然,不会像我的心和绿蒂的心那样产生强烈的共鸣,我们发表对某个人的行为的感想时,情况也是如此。【名师点睛:维特认为阿尔贝特木讷,总觉得只有自己才能和绿蒂有心灵上的共鸣。】亲爱的威廉!他虽说也专心一意地爱着她,但这样的爱给其他任何一个人也并无不可啊!

一个讨厌的来访者打断了我的思路。我的泪水已经擦干,但心却乱了。再见,好朋友!

▶ 少年维特的烦恼

8月4日

M 名师导读

　　维特再次回到了这个小山村,这里风景如初,但所有的人生活得都非常艰辛。妇人的一席话更让维特徒增忧伤……

　　世界上有我此种处境的并不只有我一个,所有的人都失去了希望,所有的人都遭到了命运的捉弄！我去看望住在菩提树下那位贤惠的妇人。她的大儿子跑上来迎接我,听见他的欢叫声,母亲也走了出来,一副垂头丧气的模样。她第一句话就告诉我:"先生,我的汉斯已经死了！"

【写作借鉴:善良的村民遭受不幸,年轻的母亲丧失了幼子。这里的悲凉和当初的愉悦形成了鲜明对比。】

　　汉斯是她最小的儿子。我无言以对。

　　她又说:"我的丈夫已从瑞士回来了,什么都没有带回来,如果不是遇上好人,他只有一路上乞讨了,路上又患了热病。"我对她无话可说,送了孩子一些东西,她要我接受她几个苹果,我收下了,离开了这个让人忧伤的地方。

8月21日

M 名师导读

　　维特沿着当初去接绿蒂参加舞会的大路走,他看到了什么？想到了什么呢？

　　一转眼的工夫,我的情况就完全变了。人生的欢乐之光不时闪现,可惜只有一瞬间！当我沉溺在自己编织的美梦中时,我不禁想到:如果阿尔贝特死了呢？你就会！嗯,她就会……我想入非非,直至到了万丈深渊的边缘,我吓了一跳,才清醒过来。

我循着当初去接绿蒂参加舞会的大路走啊走啊,可是一切全变了!一切已如过眼云烟!昨日世界的踪影已经全然不存在了,我那时激荡的感情也消失得无影无踪了。【名师点睛:这里的一切物是人非,包括绿蒂,维特的心仿佛是一片废墟。】我的心恰似一个回到自己城堡中来的幽灵:想当初,他身为显赫的王侯,建造了这座城堡,对它极尽豪华装饰之能事,后来临终时又满怀希望地把它遗留给了自己的爱子。可是现在呢,昔日的辉煌建筑已被烧成了一片废墟。

9月3日

M 名师导读

维特认为只有自己才是绿蒂的真爱,只有自己才配得上绿蒂。

我往往弄不明白,竟然还有人能爱她,敢爱她!我爱她爱得这么专一,这么倾心,这么痴情,除她以外,别人我一个都不想认识,不想知道,不想得到呀!【名师点睛:经历了许多挫折之后,维特对绿蒂的爱更加深刻,更加偏执。维特的世界只剩下绿蒂一个人。】

9月4日

M 名师导读

维特去拜访曾经向他讲述过内心秘密的青年农民,但得知他已被解雇。维特失望而归,后来在去另一个村子的路上遇见了他。青年农民告诉了维特自己被解雇的原因。

是的,往往事实就是如此。当自然界转入秋天时,我的内心和我的周围也已是一派秋意。我的树叶即将枯黄,而邻近的那些树木业已纷纷

▶ 少年维特的烦恼

凋落。【写作借鉴：此处运用比喻的修辞手法，借助秋叶枯黄的意象表现出维特当时心情的低落。而这一描述，也与维特的孤独之感正好契合。】我上次刚到这里不久，不是对你讲过一个青年农民吗？这次在瓦尔海姆我又打听了他的情况，人家告诉我说，他已经被解雇了，此外谁也不肯再多讲些什么了。

昨天我去另一个村子，路上碰巧和他相遇，他把事情告诉了我，使我备受感动，如果你听到我的复述，你就会理解我为何会感动了。不过这一切有什么意思呢？为什么不把这使我忧虑、使我悲痛的事埋藏在自己心底呢？为什么要拿它来折磨你呢？为什么要不断给你机会，让你怜悯我，谴责我呢？也许我命该如此吧！

这位青年农民在刚刚回答我的问题时，神态略显哀伤，我觉得还有几分羞怯。【写作借鉴：对青年农民的神态描写，刻画了他真诚的形象。】但一讲开，他就突然像重新认识了自己和我似的，态度变得坦率起来，向我承认了自己的错误，并开始抱怨他的不幸。我的朋友，我现在请你来判断他的每一句话吧！

他承认，不，他是带着一种回忆往事的甜蜜和幸福在追述，他对自己女东家的感情是如何与日俱增，弄到后来六神无主，不知道自己该做什么，该说什么。他吃不下，喝不下，彻夜难眠，嗓子就好似给堵住了一样。人家不让他做的事，他做了；人家吩咐他做的事，他又给忘了，仿佛被恶鬼附体似的。

直到有一天，他知道她在阁楼上，便追了上去，或者说是被吸引了去。因为她对他的请求充耳不闻，他只能求助于他的暴力了。他自己也不知发生了什么事，可以请上天做证，他对她的意图始终是真诚的，没有别的渴望，只想要她嫁给他。他又开始结结巴巴起来，似乎还有话要说，但又不便说出口，最后才带着几分羞涩向我和盘托出，他说她允许他稍稍亲热一下，准许他挨近她。谈话停顿了两三次，他再三辩白，说这些话不是存心诽谤她，他还像以前一样真心爱她，尊敬她，他过去从未对旁人说过,说给我听,只是为了使我相信他不是个脑袋发昏、神经错乱的人。

好朋友,我又要重弹我永远弹不厌的老调了。要是我能让你想象出这个当时站在我跟前、眼下也仍像站在我跟前的人是个啥样子,那该多好啊!要是我能准确地讲述这一切,让你感觉出我是如何同情他的命运,让你感受到他的命运在某种程度上也是我的命运该多好啊!总之,由于你了解我的命运,也了解我,你应该十分清楚地知道,是什么使我的心向着一切不幸者,尤其是这个不幸的青年农民了。

我把信读了一遍,忘了告诉你故事的结局。女东家拒绝了他,她的弟弟干预了这件事;这位弟弟对青年农民怀恨已久,因为他怕姐姐重新结婚会使他的孩子们得不到她的遗产,她无儿无女,这笔财产正是他们拥有美好未来的希望。【名师点睛:这正是青年农民被解雇的原因。女东家的弟弟担心青年农民分割他姐姐的财产。】她弟弟把他撵出了家门,事情闹到这样,哪怕这位太太想再接他回去,也办不到了。她另外雇了一个长工,据说她和弟弟又为此闹得不可开交。

我对你讲的一切既没有半分夸大,也绝无半点修饰,相反,倒可以说讲得不好,叙述起来软绵无力,而且是用我们听惯的合乎教化的言辞在讲,也就失去了它原有的情致。

这样的爱情,这样的忠心,这样的热诚,绝非诗人能杜撰得出来的!如此纯真的情感,只存在于那个被我们称之为没教养的、粗鲁的阶级中。我们这些有教养的人,实际上是被教养成了一无可取的人!【名师点睛:纯真的爱情存在于贫民阶级,因为贵族阶级早已不相信真爱,金钱至上才是他们的信仰。】请你怀着虔诚的心读读这个故事吧。今天我写它的时候,心情格外平静,再说,你从我的字迹里也可以看得出,我并不是像平时那样心慌意乱,信手涂鸦的啊!

读吧,亲爱的威廉,并且在读的时候想着我,这也是你的朋友的故事。我过去的遭遇和他一样,将来也会一样,只是我不如这个穷苦的不幸者一半勇敢、一半坚决,我几乎没有与他相比的勇气。

少年维特的烦恼

Z 知识考点

1. 填空题。

这样的爱情,这样的忠心,这样的_____,绝非诗人能杜撰得出来的!如此_____,只存在于那个被我们称之为没教养的、粗鲁的阶级中。我们这些有教养的人,实际上是_____!

2. 判断题。

(1)维特是在他人的指引下找到青年农民的。（　　）

(2)女东家的弟弟提防青年农民和他姐姐结婚后分遗产,借故撵走了青年农民。（　　）

3. 问答题。

青年农民和女东家的爱情故事结局是怎样的?

_____

_____

Y 阅读与思考

1. 青年农民有哪些品质值得维特敬佩?

2. 为什么贵族阶级不相信真挚而纯洁的感情?

9月5日

M 名师导读

维特看到绿蒂留给阿尔贝特的便条,他笑什么呢?

她的丈夫因事在乡下逗留,她写了一张便条给他,开头一句是:"亲爱的,赶快回来吧,我怀着无比的喜悦等待着你。"

碰巧一位朋友带来消息,说阿尔贝特有些事务未了,不能马上回来。

这张字条便一直摆在桌上，当晚落到了我的手里。我一边读一边微笑，她问我笑什么。

我高声说："想象真是一种天赐的才能，我一瞬间想入非非，还以为这是写给我的呢。"【名师点睛：维特的想象让他心生愉快，却没有顾及绿蒂的感受。】她没有说话，似乎不高兴，我也沉默了。

9月6日

> **M 名师导读**
>
> 维特新做了一件和带绿蒂跳舞时穿的一模一样的燕尾服，他为什么觉得新不及旧呢？

我好不容易才下定决心，换掉了我第一次带绿蒂跳舞时穿的那件青色燕尾服，它式样简朴，穿到最后简直破旧不堪了。我又让裁缝完全照样做了一件新的，同样的领子，同样的袖头，再配上黄背心和黄裤子。【名师点睛：这虽然是对衣服的描述，但更能体现出维特对绿蒂的爱之深。】

但是总觉得新的及不上那件旧的。我不知道为什么。我想，过些时候也许会感到称心些吧。

9月12日

> **M 名师导读**
>
> 维特终于见到了绿蒂，先吻了她的手，还通过金丝雀的喙感受到了绿蒂的吻，维特的心情会怎样呢？

为了接阿尔贝特，她出去了几天。今天我一跨进她的房间，她便迎面走来，于是我欣喜若狂地吻了她的手。

一只金丝雀从镜台上飞来，歇在了她的肩上。——"这是一位新朋

少年维特的烦恼

友，"她说，逗引它停留在她的手上，"是打算送给我弟妹们的。它多么可爱！我拿面包喂它，它就拍拍翅膀，规规矩矩啄食。你瞧，它也吻我呢！"

【名师点睛：通过绿蒂的语言，传达金丝雀很乖巧的信息。】

她说着便把嘴唇伸向金丝雀，这鸟儿也将自己的小喙凑到了她的芳唇上，仿佛感受到了自己所享受的幸福似的。

"让它也吻吻你吧。"绿蒂说道，同时把金丝雀递过来。

这鸟喙儿在她的嘴唇和我的嘴唇之间起了沟通作用，和它轻轻一接触，我就仿佛尝到了她的芳泽，心中顿时充满甜美无比的爱的享受。

我说："它吻你并不是完全没有贪图的，它是在寻找吃食呢，空空洞洞的爱抚是满足不了它的，你瞧，它要飞回去啦。"她说："它也从我的嘴里吃到东西的。"她用嘴唇衔着少许面包屑喂它，嘴角上挂起快活的微笑，洋溢着天真无邪的爱怜之情。

我转开了脸。她真不该这样做啊！不该用如此天真无邪而又令人销魂的场面，来刺激我的想象，把我这颗已被生活的淡漠摇晃得入睡了的心重新唤醒！【名师点睛：绿蒂天真无邪的样子令维特疯狂，重燃起他的激情。】为什么不该呢？她是如此信赖我！她知道，我爱她有多深！

Y 阅读与思考

1. 看着绿蒂逗金丝雀玩，维特是怎么想的？
2. 维特被金丝雀吻过之后，是什么感觉？

9月15日

M 名师导读

维特的烦恼远不止于此。维特喜欢的两棵胡桃树被人砍掉了，他十分愤怒，因为那两棵树承载了他美好的记忆。这两棵无害无碍的胡桃树是谁砍的呢？为什么要砍它呢？

我真是给气疯了,威廉,这世界上有价值的东西本来就所剩无几了,可是人们仍不懂得去爱护珍惜他们。你还记得那两株美丽的胡桃树吧,就是我和绿蒂去拜访一位善良的老牧师时曾在它们底下坐过的那两株胡桃树!上天知道,一想到这两株胡桃树,我的心中便会充满极大的快乐!它们把牧师家的院子装点得多么幽静,多么阴凉啊!它们的枝干是那样挺拔![名师点睛:维特对胡桃树的喜爱深切、强烈,更何况这胡桃树有着他美好的回忆。]看着这两株胡桃树,就会怀念起许多年前栽种它们的那两位可敬的牧师。乡村学校的一个教员曾多次向我们提起他俩其中一位的名字,这名字还是他从自己的祖父那里听来的。人们都说,这位牧师是个很好的人,每当走到树下,你对他的怀念便会有一种神圣的感觉。

威廉,当我们昨天谈到这两株胡桃树被人砍了的时候,教员眼中噙满了泪水。砍了!我气得发抖,如果我的庭院里也有这么几棵树,其中一棵到了寿限,眼睁睁看它枯死,我也会伤心落泪的。[名师点睛:维特心中美好的事物被毁了,维特怒不可遏,心痛不已。这让他本就脆弱的心灵更加受伤。]幸亏世间还有珍贵的东西!就是人类的感情!我希望,牧师太太看到牛油、鸡蛋和其他贡品大打折扣,应该能体会到她对当地的人造成了多大的创伤。干出这件事来的正是她,这位新牧师的太太(老牧师已经去世)是个皮包骨、疾病缠身的女人,她对世上的人一点儿不同情,世上的人也不同情她。

这个自命博学的蠢女人,居然还混在参与《圣经》的研究队伍行列里,花费大把的工夫对基督教进行一次新式的、合乎道德的改革,完全蔑视拉瓦特[1741—1806年,瑞士神学家和哲学家,歌德在创作"维特"时,很推崇拉瓦特的文章]的狂热。她的健康状况糟透了,因此在人世上全无欢乐可言,也只有这样的家伙才可能干出砍树的行径来。[名师点睛:维特讽刺牧师太太毁坏这两株本来无害的胡桃树,是因为她心胸狭隘、体弱多病。]你瞧!我真是给气坏了!她为什么要砍树呢?就因为树叶掉下来

少年维特的烦恼

会弄脏弄臭她的院子，树顶会挡住她的阳光，还有胡桃熟了孩子们会扔石头去打，等等。据说这些都有害于她的神经，妨碍她专心思考和研究神学。我看见村民们特别是老人对此特别不满，便问："你们当时怎么就任人家砍了呢？"

他们回答："在我们这地方，只要村长同意的事，你就毫无办法。"

可有一点倒也公平，牧师从自己老婆的怪癖中从未得到过甜头，这次竟想捞点好处，于是打算与村长平分卖胡桃树的钱。谁知镇公所知道了此事，说："就请把那两株胡桃树送到这儿来吧！"因为镇公所对长着这两株胡桃树的牧师宅院拥有产权，便做主将它们卖给了出价最高的人。【名师点睛：贪婪的牧师本想分得卖树的钱，却因镇公所介入，希望落空。】反正树已经砍倒啦！唉，可惜我不是侯爵！否则我真想把牧师太太、村长和镇公所统统给……侯爵……可我要真是侯爵，也不一定会关心自己领地内的那些树的！

知识考点

1. 填空题。

得知两株胡桃树被砍，维特气得_____，教员_____，而砍树的人正是_____，她是一个_____。

2. 判断题。

（1）维特一想到老牧师家门前的胡桃树，心中便会充满极大的快乐，因为胡桃树下有他美好的回忆。（　　）

（2）新牧师的太太是个体态微胖、疾病缠身的女人。（　　）

3. 问答题。

新牧师的太太为什么要砍这两棵胡桃树？

> **阅读与思考**
>
> 1. 得知胡桃树被砍,维特是什么感受?
> 2. 新牧师的太太是个怎样的女人?

10月10日

> **名师导读**
>
> 维特看到绿蒂就很开心,然而阿尔贝特看起来不快乐,维特为此感到沮丧。这是为什么呢?

我只要看见她乌黑的眼睛,心里就舒坦快活!只是,有一件事使我很沮丧,是阿尔贝特,他看上去似乎并不怎么幸福,不像他……所希望的……也不像……我以为的……那么快活……其实我并不喜欢这么吞吞吐吐,但是我无法用其他方式表达呀!我想这样也够清楚的了。

10月12日

> **名师导读**
>
> 维特不再喜欢荷马的诗,取而代之的是莪相的诗。莪相的诗给维特带来了怎样的感慨呢?

我心中的荷马被莪相挤走了。这位伟大的诗人把我引到一个什么样的世界啊!<u>我漫游在旷野上,周围狂风怒号,浓雾弥漫,祖先的灵魂在朦胧的月光下飘忽不定。我听到群山中,急流穿过森林,奔腾呼啸,夹杂着一阵阵隐隐约约的灵魂的叹息,以及少女的泣诉。在长满青苔的坟墓上,她在哀悼那位高贵的战死者——她的情人。</u>【写作借鉴:环境描写,从侧面说明维特在莪相的诗中体会到了人世间真挚的情感,让维特受伤的心

少年维特的烦恼

灵得到安慰。】

蓦然间,我瞅见了他,瞅见了在荒野里寻觅自己祖先足迹的白发吟游诗人,可他找到的,唉,却都是他们的墓碑。随后,他叹息着仰望夜空中灿烂的金星,发现它正要沉入波涛汹涌的大海,而往昔的时光便又在他英雄的心中复活,要知道这和蔼的星光也曾照耀勇士们的险途,这清幽的月光也曾洒满他们凯旋时扎着花环的战船啊。【写作借鉴:这一段是维特的想象。一位诗人正在寻找先人的足迹,但他什么也没有找到,这似乎是维特自己的写照。这时的维特已经有了一些轻生的念头,对爱情的迷茫使他陷入了困境,这为最后维特的死埋下了伏笔。】

在他的额上,我看见了铭刻着的深沉的悲戚,看见这位英雄已精疲力竭,踉踉跄跄地向墓地走去,在逝者若隐若现的幻影前悲欢交集,他俯视着冷飕飕的大地和随风摇摆的细草,喊道:"浪迹天涯的人会来的,会来的,目睹我美妙年华的人会来问道:'那位吟游诗人,芬戈尔的杰出的儿子[喻指莪相。芬戈尔是传说中古代爱尔兰的国王,莪相被认为是他的儿子],现在在哪里?'他的脚步会走过我的坟头,他会突然地在地面上找我。"

啊,朋友!我真想像一位忠诚的勇士拔出宝剑来,一下子就让我心中的侯爵得以解脱,以免他承受慢慢死去的痛苦,然后再让我的灵魂去追随这位获得解放的神灵。【名师点睛:维特希望自己得到解脱,周遭的一切让他窒息,他迫切希望能挣脱束缚,实现心灵的自由。】

阅读与思考

1. 读了莪相的诗集,维特有什么感慨?
2. "浪迹天涯的人会来的"这句话预示着什么?

10月19日

> **M 名师导读**
> 没有绿蒂的日子维特很难受,他渴望将她紧紧地拥入怀中。

唉,这空虚!我感到我的胸中存在着可怕的空虚!我常常想:如果我能够把她贴紧我的心窝,仅仅一次,这整个空虚就会填满。

10月26日

> **M 名师导读**
> 从绿蒂与好朋友的交谈中得知,某某受病痛折磨,某某又不行了……这些不幸的消息让维特感叹人生短暂且无常。

是的,我亲爱的朋友,我渐渐弄明白了,越来越确信,一个人生命的价值是很少的,非常非常少!绿蒂的女友来看她了,我便退到隔壁房间,拿起一本书来读,却读不下去,随后又取过一支笔想写点什么。这时,我听见她们在低声交谈,相互报告一些微不足道的事,无外乎谁谁结了婚,谁谁生了病、病得很重这类事。

"她现在老是干咳,脸上颧骨都突出来了,还常常晕倒,我看是活不长喽!"客人说起了镇上的一个女孩。

"那个N.N的情况也一样糟。"绿蒂应道。

"他已经全身浮肿了。"客人又讲。

听着她俩这么聊着,我活跃的想象把我引到了这两个可怜人的病榻旁,我看到他们为挽留生命而苦苦挣扎,他们多么……【名师点睛:多愁善感的维特对病榻上的人产生怜悯之心。】威廉呀!两位姑娘谈论这些事情时,正像人们谈论两个漠不相干的人一样。

▶ 少年维特的烦恼

我环顾四周，看见房里放着绿蒂的衣服和阿尔贝特的文书，还有一些我非常熟悉的家具，甚至还有那个墨水瓶，我心里想："瞧，你现在在这家人的眼里成了什么？无价之宝！"

你的朋友们敬重你，你常常带给他们快乐；而你的心里也觉得，似乎离了他们你就活不下去。可是——你要是这会儿走，从他们的生活圈子里消失了，他们会不会因为失去你而觉得他们的生活有了缺陷呢？就算会，这种感觉又能持续多久呢？唉，人生才叫无常啊！<u>即使在他对自己的存在有把握的地方，在留下了他存在的唯一真实印记的地方，在他的爱人的记忆中，在他们的心坎里，也注定了要熄灭，要消失，而且如此迅速！</u>【名师点睛：一个人的逝去，留给亲近的人的记忆会随着时间的流逝而消失，即使是对亲密的爱人的记忆，也会消散如烟。】

Y 阅读与思考

1. 绿蒂和女友谈了些什么？
2. 绿蒂和女友的谈话引发了维特对人生的哪些思考？

10月27日

M 名师导读

维特的爱情、喜悦、温暖、欢乐、天赋……都来自绿蒂。没有绿蒂，一切都没有意义。

人与人之间竟是如此的淡漠，我常常恨不得撕裂我的胸膛，敲碎我的脑袋。什么爱情、喜悦、温暖、欢乐，如果我没有把这一切带给别人，别人也不会给我半分半毫，而且，虽然我的心中充满了幸福感，也不能使一个冷冰冰地、有气无力地站在我面前的人幸福啊。

<u>我竟到如此境地，对她的感情吞噬了一切；我竟到如此境地，没有</u>

她，一切都将付之东流。【名师点睛：这是歌德的名句，体现出维特对绿蒂的爱一天比一天深，绿蒂是维特的生命之源。】

10月30日

M 名师导读

维特渴望拥抱绿蒂，可是又难以突破伦理的界限，这让维特异常难受、痛苦。

我已经上百次起了拥抱她的念头，伟大的上天呀！眼看最心爱之物就在身旁却不能去拿，你知道这是什么滋味吗！伸手抓东西本是人类最自然的本能，婴儿不总是伸出小手抓住他们喜爱的一切吗？可我呢？【名师点睛：维特努力克制自己对绿蒂的爱，这让他感到难受、痛苦。】

11月3日

M 名师导读

维特深入分析了自己痛苦的根源。周围的环境都没有改变，唯一改变的是他的心境。维特将一切的过错都归结于自己，他释怀了吗？

上天知道的！我躺在床上时常常祈求这样一个愿望，有时甚至是渴望从此不再醒来。因此，当第二天早晨一睁开眼睛，又看见太阳时，我心里感到多么沮丧呀！我的情绪竟如此反复无常，如果能够把过失推诿给气候，推诿给第三者，怪一件没有成功的事情，那我身上的难受劲儿定会减少一半。

然而多可悲啊，我的感觉千真万确，一切的过错全在我自己！不，不是过错。总之，正如一切幸福的根源全存在于我本身一样，一切痛苦的根源也在我自己身上。【名师点睛：维特思虑过多是造成自己烦恼的根源。】

▶ 少年维特的烦恼

　　当初,我满心欢喜地到处游逛,走到哪儿,哪儿就变成了天国,心胸开阔得可以容得下整个宇宙,难道现在这个我和当初不是同一个人吗?

　　可如今,这颗心已经死去,再也涌流不出欣喜之情了;我的眼睛已经枯涩了,再也不能以清凉的泪水滋润我的感官了;我的眉头更是可怕地紧锁起来啦。【写作借鉴:"枯涩""紧锁"把维特痛苦的感情形象地表现了出来。】我痛苦至极,我已失去了自己生命中唯一的欢乐,唯一神圣的、令我振奋的力量,失去了我用来创造自己周围世界的力量,这力量一去不复返了!

　　我从窗口遥望远方的山丘,山顶上晨雾弥漫,朝阳穿透迷雾,照亮了宁静的草地,河流从树叶凋零的柳树之间蜿蜒地向我缓缓淌来,哦!【名师点睛:眼前的壮丽景色已无法让维特感到快乐,蜿蜒的河流承载着维特太多的愁绪,缓缓流淌。】我眼前这壮丽的自然景色恰像一幅漆画,那么静止凝固,这一切欢乐,我都无法从我的心中吸取一点一滴输给我的头脑,我站在上天面前,活像一口干涸的水井,又像一只破裂的吊桶。我常常拜伏在地,祈求上天赐给我眼泪,正像农民在天旱地裂时祈求甘霖一样。【写作借鉴:运用比喻的手法,维特把自己比作农民,用农民祈雨的焦急心情来表现自己那种强烈的愿望以及虔诚的心情。】

　　但是,唉,我感觉得到,上天绝不会因为我们拼命哀求就会赐给我们雨水和阳光的!可那些过去的时光,又为何如此幸福呢?那时我十分耐心地期待着他的精神来感召我,满怀感激地、专心一意地接受着他倾注到我身上的欢愉。而如今,一回首以往的时光,就让我感到痛苦不堪。

Y 阅读与思考

1. 风景依旧,为何维特的心情与过去完全不同?
2. 维特的伤感和痛苦来自哪里?

11月8日

M 名师导读

维特沉溺于对绿蒂的情感旋涡中,只有酗酒才让他暂时忘记烦恼。绿蒂会怎样劝慰他呢?

她责备我不知节制!如此温柔、亲切地说我不该每次一端起酒杯来就非得喝一瓶不可。

"别这样,"她说,"想想你的绿蒂吧!"

"想?"我反驳道,"还用得着你叫我想吗?我在想啊!岂止是想,你时刻都在我的心中。今天,我就坐在你不久前从马车上下来的那个地方……"【写作借鉴:此处为语言描写。维特无法停止对绿蒂的爱,只有通过酒精来麻痹自己。】

她怕我深入这个话题,扯起别的事情来了。我的朋友,我完了!她能够随心所欲地将我摆布。

11月15日

M 名师导读

维特尊重宗教信仰,但他无法从中获取对自己有益的力量,苦闷之余,他做出一个决定……

我感谢你,威廉,感谢你对我真诚的同情,也感谢你的忠告,我请你放心。让我忍受下去吧,虽然我已疲惫不堪,但仍然有足够的力量可以支撑到底。我尊重宗教信仰,这你是知道的,我觉得,它是某些虚弱者的拐杖,某些极度干渴者的希望之水。但是,它对每一个人都能够起这样的作用吗?【名师点睛:运用反问的语气表达对宗教的否定,维特不认同宗

109

少年维特的烦恼

教是万能的,它不一定对每个人都有用。你放眼世界,芸芸众生,不管是不是信奉宗教,宗教对他们以前不曾,将来也不会有那样的作用,耶稣自己不是说过,上天交给他的那些人都得在他的周围吗?如果我不是交给他的,那又会怎么样呢?如果上天要把我留在自己身边,像我心里想的那样,那又会怎么样呢?

我请你别误解我,别把这些诚心诚意的话看成是讽刺。我是在对你披肝沥胆,否则我宁可沉默。因为,对于有关大家和我一样都不甚了解的事情,我是很不乐意开口的。人不都是命中注定要受完他的那份罪,喝完他的那杯苦酒吗?假若上天呷了一口都觉得这酒太苦,我为什么就非得充好汉,硬装作喝起来很甜的样子呢?【名师点睛:生活本是充满苦难的,犹如一杯苦酒,世人却非要从中品出甘甜的味道,但维特做不到自欺欺人。】

此刻,我的整个生命都战栗于存在与虚无之间,往事像一道闪电似的照亮了未来的黑暗深渊,我周围的一切都在沉沦,世界也将随我走向毁灭,在这样可怕的时刻,我还有什么可害羞的呢?那个被人压迫、孤立无助、注定沦亡的可怜虫,在生命的最后一刻不也鼓足勇气从内心深处发出呼喊:"上天啊,上天!你为什么抛弃我呢?"那么,我为何就该羞于流露自己的情感,就该害怕连这位把天空像手帕一样卷起的神尚且无法避免的一瞬间呢?【名师点睛:从侧面表明维特下定决心要向绿蒂告白,不再害怕流露自己的感情。】

Y 阅读与思考

1. 维特对宗教持什么观点?
2. 维特终于说服自己,做了什么重要决定?

11月21日

> **名师导读**
>
> 维特因为绿蒂的一句话而欣喜若狂、浮想联翩,绿蒂说了一句什么话呢?

她看不到,也感觉不到,她正在酿造一种把我和她全部毁掉的毒酒。而我呢,居然满怀欣喜地接过她递过来的会将我置于死地的酒一饮而尽。

为什么她要常常——常常吗?不,也不是常常,而是有时候,为什么有时候她要那么温柔地望着我,十分欣喜地接受我无意识流露的情感,要在额头上表现出对我所忍受的痛苦的同情呢?

昨天,当我要离开的时候,她握着我的手说:"再见,亲爱的维特!""亲爱的维特!"这是她第一次叫我"亲爱的",这几个字直钻进我的心窝。我把它反复说了上百遍,昨夜上床时,我又自言自语,唠叨了一阵,突然我冲口说出:"晚安,亲爱的维特!"过后自己也禁不住好笑。【名师点睛:绿蒂说出"亲爱的"可能是出于友情,或是无意而为,维特却对此乐不可支。】

11月22日

> **名师导读**
>
> 因为绿蒂无意间流露出的情感,维特再次陷入了深深的矛盾和困扰之中。

"让我得到她吧!"我怎么能向上天这样祈祷呢?但是我总觉得她就应该是我的。我也不能向上天这么祈祷:"把她给了我吧!"因为她已属于别人。我常常拿理智来压制自己的痛苦,可是,每当我松懈下来时,

少年维特的烦恼

我就会没完没了地反驳自己的理智。【名师点睛:表现了维特内心的矛盾,绿蒂是好友的妻子,好友对自己很真诚,而自己却不理智地爱上了绿蒂。这样的行为是不道德的,不符合伦理的。】

11月24日

M 名师导读

> 绿蒂对维特也不是无动于衷的,但她只能深藏自己的感情。她是怎样掩饰自己的感情的呢?

我忍受的痛苦她是知道的。她的目光深深地射进我的心窝。我发现只有她一人在家时,我沉默无语,她也只是望着我。如今我在她身上看不到从前那种鲜艳妩媚,看不到那种非凡的精神之光,这些都在我的眼前消失得无影无踪了。但是她那饱含着最亲切的关怀和最甜蜜的同情的目光,深深地打动了我。为什么我不可以跪倒在她的脚下呢?为什么我不可以搂住她的脖子,以无数的亲吻来报答她呢?【名师点睛:维特又一次和绿蒂独处了,他可以感受到绿蒂对自己的关怀与怜悯。但绿蒂在逃避这段感情,维特也依旧没有勇气向绿蒂表白。两人之间的感情很微妙。】为了避开我的视线,她坐到了钢琴前,伴着琴声,她用她那甜美、低婉的歌喉,轻轻地唱起了一支和谐的歌。我还从来没觉得她的嘴唇像现在这般迷人过,它们微微翕(xī)动着,恰似正在吸吮那从钢琴中涌流出来的清泉般的串串妙音,同时,从她的玉口内,也发出奇妙的回响。是的,要是我能用言语向你说清这情景就好了!我再也忍不住了,便弯下腰去发誓说:可爱的嘴唇啊,我永远也不会冒昧地亲吻你们,因为你们是精灵再现啊!然而……我希望……哈,你瞧,这就像立在我灵魂前面的一道高墙……为了幸福我得翻过墙去……然后下地狱忏悔我的罪过!【名师点睛:维特将两人之间的障碍比作高墙,翻过去是短暂的幸福,同时也是永久的地狱。】罪过?我有什么罪过?

112

Y 阅读与思考

1. 维特听到绿蒂唱着和谐的歌,他心中涌起了怎样的冲动?
2. 绿蒂是如何掩饰对维特的爱的?

11月26日

M 名师导读

维特告诉自己要克制自己的感情,不要打扰他们的幸福,可这会让自己的生活变得苦闷,他会怎么做呢?

我常对自己说:"你的命运只能这样了;赞美别人的幸福,没有人会受到你这样的苦。"【写作借鉴:心理描写,表明维特也曾想过彻底放弃这段没有结果的感情。】后来我吟诵了一位古代诗人的篇章,觉得它们好像出自我的肺腑。我不得不如此含辛茹苦!唉!在我之前,竟然也有人像我这样不幸吗?

11月30日

M 名师导读

维特在外散步时遇到一个疯子,他居然在荒凉的山谷寻找盛开的鲜花,只为送给他心爱的人。多才多艺的维特为何会羡慕这个疯子呢?

不,不,我肯定振作不起来了!无论我走到哪里,都会碰见叫我心神不定的事情。比如今天吧!啊,命运!啊,人类!

中午我不想吃饭,便向河边走去。周围到处是一片荒凉,西风从山上吹来,冰冷又潮湿,灰蒙蒙的雨云也飘进了山谷。我远远看见有个穿着破旧的绿色外套的人在岩石之间爬来爬去,似乎在寻找花草。我刚走

少年维特的烦恼

近他，他听到声音便转过头来，一张十分有趣的脸上带着一种深沉的悲戚，透露着坦率善良的品性；他的黑发一部分被梳成两团发髻，插着几支饰针，剩下的被编成一条粗辫子拖在背后。【写作借鉴：外貌描写。此人装束奇怪，神情悲戚，引起读者的阅读兴趣。】看他的衣着，是个平民，我想，如果我对他表示关注，他大概不会见怪的，于是我问他在寻找什么。

"找花呗，"他深深地叹了一口气，回答说，"可是一朵也找不着。"

"眼下可不是找得到花的季节啊。"我微笑着说道。

"花倒是多得很，"他边讲边向我走来，"在我家的园子里，长着玫瑰和两种金银花，其中一种是我父亲送给我的，长起来就跟草一般快，我已经找了它两天，可就是找不着。这外边也总开着花，黄的、蓝的、红的，还有那种叫矢车菊的小花，那才叫美呢！可不知为什么我竟一朵也找不到……"

我觉得有点怪，用一种迂回的方式问他："你要鲜花干什么？"他脸上的肌肉抽动了几下，露出一副奇怪的笑容。"你不会泄漏我的秘密吧？"他一边说一边把手指按在自己的嘴唇上，"我答应送给我的宝贝一束鲜花。"【名师点睛：男子奇怪的行为吸引读者继续阅读下去。】我说："好极了。"他说："她有很多别的东西。"我插嘴说："不过她最喜欢你的花束。"他接着说："哦！她有宝石，有一顶王冠。""她叫什么名字？"他说："要是联省共和国[指当时的荷兰，1581年由北尼德兰7个省组成，17世纪为世界强国。当时在欧洲人心目中荷兰是个很富有的国家]雇用我，我就不会落到这般地步！唉，从前有一阵子，我的生活多美好！这一切都是过去了。我现在是……"他泪汪汪地望向了天空，一切尽在不言中。我问道："这么说，你那时很幸福，是吗？""唉！我真想再过从前那样的日子！"

"亨利希！"这时当地的一个老妇人叫喊着，循着大路走过来，"亨利希，你在哪儿？我们到处找你，快回家吃饭吧！"

"他是您儿子吗？"我走过去问老妇人。

"可不，我可怜的儿子！"她回答，"上天惩罚我背了一个多么沉重的十字架啊。"

"他这种情况有多久了？"我问。

"像这样安静才半年，"她说，"就这样还得感谢上天。从前他一年到头都大吵大闹的，只好用链子将他锁在疯人院里。现在不招惹任何人了，只是脑子里还经常跟国王和皇帝们打交道。从前，他可是个又善良又沉静的人，又能供养我，又写得一手好字，后来他突然变得非常忧郁，接着又发了一次高烧，从此便疯了，现在便是您看见的这个样子。【名师点睛：对比疯子的现状与疯前的状态，让人不由感叹人生无常。】要是我把他的事讲给您听，先生……"

我打断了她滔滔不绝的说话，问道："他说他有一阵子非常快活，非常幸福，这是在什么时候？""这个蠢人！"她怜悯地笑嚷道，"他是指他发狂的那段时间呀，他还老是夸耀呢；那时候他被关在疯人院里，神志完全不清。"我像当头挨了一下，把一枚钱币塞在她的手里，急匆匆地离开了他们。

"你那时确实是幸福的啊！"我情不自禁地喊着，快步走回城去，"那时候，你自在得如水中的游鱼。上天啊！难道上天注定人的命运就是如此，只有在具有理智以前，或者重新丧失理智以后，才能是幸福的吗？可怜的人！但我又是多么羡慕你的精神失常，知觉紊乱啊！你满怀着希望来到野外，为你的女王采摘鲜花。在冬天里，你为采不到鲜花而难过，不理解为什么竟采不到。而我呢，从家里跑出来时既无目的，也无希望，眼下要回家去时依然如此。【名师点睛：维特此时羡慕疯子的率真与大胆，为了心爱的人大冬天出来采花，而自己只能漫无目的地闲逛。和他相比，维特还不如一个疯子。】你幻想着，要是联省共和国雇用你，你就将成为一个了不起的人。幸福啊，谁又能把自身的不幸归于人世的障碍呢！你感觉不出，你的不幸原本存在于你破碎的心中，存在于你被搅乱了的头脑里，而这样的不幸，全世界的国王也无法帮你消除啊。"

谁要嘲笑一个到远方的圣水泉去求医，结果反倒加重自己的病痛，

少年维特的烦恼

使余生变得更难忍受的病人,谁就不得善终!谁要蔑视一个为摆脱良心的不安和灵魂的痛苦而去朝拜圣墓的人,谁就同样不得善终!要知道,这个朝圣者的脚掌在荆棘丛生的道路上踏下的每一步,对他充满恐惧的灵魂来说都是一滴镇痛剂,他每坚持着朝前走一天,晚上躺下时心里的不安和困惑都要解除许多。难道你们能把这称作是妄想吗,你们这些舒舒服服坐在软垫子上的空谈家?【写作借鉴:通过举朝圣者的例子,说明人应该有坚定的信念。无论在路上遇到多少艰难困苦、嘲笑与讽刺,都应该坚持到底。相比那些"坐在软垫子上的空谈家",坚定信念并忍痛向前走的人是值得赞扬的。此处也表达出维特不被理解的悲伤。】

妄想!上天啊,你看看我的泪眼吧!你所创造的人类已经够可怜的了,他们信仰你,你为什么又给他们添了些同胞,把那一点儿对你的信仰都剥夺了去?你这博爱众生的神明!我们信赖治病的草根,依赖葡萄的眼泪[葡萄酒之意],还不是因为我们信赖你?是你赋予我们周围的万物治疗和安慰的力量,而我无时无刻不需要这种力量。

我没有见过面的父亲啊,曾几何时,你使我的心灵那么充实,如今却又转过脸去不再理我!父亲啊,把我召唤到你身边去吧,别再沉默无语了,你的沉默使我这颗焦渴的心再也受不了啦!难道一个父亲在自己的儿子突然归来,搂住他的脖子喊叫"我回来了,父亲"的时候,还能生气吗?我中断了我的旅程,没有依照你的意志,提前回来了,请你别发火呀!世界各处的人都是一样,辛辛苦苦工作,得到报酬和欢乐,但是这对我有什么用?【名师点睛:与庸俗的世界观不同,维特不热衷于追名逐利。】只有在你所在的地方,我才感到幸福,在你的跟前,不管受苦或享乐,我都心甘情愿。仁慈的天父呀!你会把他拒之门外吗?

Z 知识考点

1. 填空题。

我刚走近他,他听到声音便转过头来,一张_____的脸上带着一种深沉的悲戚,透露着_____的品性;他的黑发一部分被梳成_____,插着几支饰针,剩下的被编成_____拖在背后。

2. 判断题。

（1）维特看见一个穿着破旧的绿色外套的男子在山上采药。（　　）

（2）疯子的园子里种着玫瑰和两种金银花。　　　　（　　）

3. 问答题。

疯子在精神失常之前,是个怎样的人？他是怎样疯的？

_____

_____

阅读与思考

1. 听了老妇人对自己精神失常的儿子的描述,维特急忙逃离的原因是什么？

2. 最后,让维特决定终止人生"旅程"的诱发因素是什么？

12月1日

名师导读

原来那个疯子曾经也是绿蒂的爱慕者,因爱痴狂,最后疯了。这个事实让维特震惊。维特会不会也疯掉呢？

威廉,我上次信中讲的那个人,那个幸福的不幸者,过去就是绿蒂父亲的秘书。他对她起了恋慕之心,先是暗暗滋长着,后来终于表示出来了,却因此丢掉了差事,结果便发了疯。这一段话尽管干巴巴的,但请你体会一下,这个故事是如何震撼了我。我之所以写成像你读到的这个样子,因为阿尔贝特就是这样无动于衷地讲给我听的。【名师点睛:"无动于衷"写出了阿尔贝特绅士的外表下,有着一颗冷漠的心。】

少年维特的烦恼

12月4日

M 名师导读

绿蒂为维特弹琴唱歌,他先是热泪盈眶,当听到一支熟悉而美妙的曲调时,他为什么要怒气大发呢?

我求求你……你听我说吧,我完了,我再也无法忍受下去了!今天我去她的房里……我坐在她的身旁,她弹着琴,弹了各式各样的曲子,可支支曲子都触动了我的心事!全都如此!你看怎么办?她的小妹妹在我怀里打扮布娃娃,热泪涌进了我的眼眶:我低下头,映入眼帘的是她的结婚戒指……我的泪水滚落下来……这时,她突然弹起那支熟悉而美妙的曲调,我的灵魂顿时也感到了极大的安慰,往事也立刻一件件浮上心头,我想起了初次听到这支曲调时的美好日子,想到了后来的暗淡时日,想到了最终的不快和失望,以及……我在房里来回急走着,心头压抑得几乎要窒息了。【名师点睛:对往事的追忆让维特再也控制不住自己的感情,现在的不快和失望让他抓狂。】

"看在上天分上!"我走到她跟前,火山爆发似的嚷道:"看在上天分上,别弹啦!"她停下了,怔怔地望着我。"维特。"她微笑着叫道,这个笑容透入我灵魂深处。"维特,你的病太重了,连自己心爱的东西你也讨厌起来了。走吧!我求你,你自己安静下来吧!"【名师点睛:这时的维特已经情绪失控,绿蒂说维特"病太重""连自己心爱的东西你也讨厌起来了",把维特此时的状态很准确地说了出来。】我勉强离开了她,而且……上天呀!你看到我的不幸,把这局面结束了吧。

12月6日

M 名师导读

> 绿蒂的身影时时刻刻在维特眼前浮现,他无能为力,无可奈何……

她的倩影四处追逐着我,形影不离!无论是醒着还是睡梦中,都充满我的整个心灵!现在,当我闭上双眼,脑海中便显现出她那双黑色的明眸来。【名师点睛:绿蒂就像一个魔咒禁锢了维特的思想,他已经无法摆脱内心的痛苦,黑暗已经将他完全吞噬。】就在这儿啊!我无法向你表达清楚。每当我一闭上眼,它们就出现在这里,在我面前,在我心中,静静的像一片海洋,一道深谷,横在我的面前,填满了我所有的感官知觉。

人是什么?这受到赞扬的半个神明,当他最需要力量的时候,他不是恰恰无能为力吗?当他沉湎于欢乐或陷于苦恼时,他不是都没有退缩吗?当他渴望遁迹于"无穷"的丰盈之中时,他不是又恢复迟钝冷漠的意识了吗?

Z 知识考点

1. 填空题。

维特再次回到_____,这里风景依旧,却物是人非。可怜的维特陷入内心的矛盾之中:因为_____是_____的妻子,而_____对自己又非常真诚,自己的感情是有悖伦理的。此时的维特内心_____、_____,他不知该怎么做才能让自己好起来。

2. 判断题。

(1)阿尔贝特和绿蒂生活得不幸福。 (   )

(2)那个疯子曾是农场里的农夫。 (   )

(3)维特无法认同宗教的一些普世价值。 (   )

▶ 少年维特的烦恼

(4)绿蒂一点儿也不喜欢维特,甚至是讨厌。　　　(　　)

3. 问答题。

你觉得维特是一个怎样的人?

_____

_____

阅读与思考

1. 维特放弃绿蒂,对他们三人有好处吗?

2. 绿蒂真的不知道维特对她的感情吗?绿蒂既然说出"自己心爱的东西",又为何说"病太重",这不矛盾吗?为什么?

3. 让维特坚定离开这个世界的原因是什么?

编者致读者

M 名师导读

> 心思敏感、细腻的维特感到自己破坏了阿尔贝特夫妇之间的感情，陷入深深的自责之中。此时暗恋着女东家的青年农民因爱杀人，维特同情他，为了让他免除法律的制裁四处奔波，但没有成功。维特的精神变得更加忧郁、脆弱，不堪一击。

从我们这位朋友值得注意的最后几天中，我多么希望能有足够多的第一手资料留下来，这样，我就没有必要在他遗留下来的书信中间，再插进自己的叙述了。【名师点睛：维特死了，维特的朋友通过维特的遗书讲述他的心路历程和最后的告别。在下面的文章中，维特的朋友写的话和维特的信件交叉在一起，这让文章的结尾不再平淡无奇，叙事更加真切感人，形式更加丰富多样。】

我竭尽全力从了解他经历的那些人的口中搜集确切的事实。他的故事很简单，人们讲的全都大同小异，不一样的只是对当事者思想性格的说法和评议而已。

因此，我们只得把反复寻访、尽力搜集的资料如实地叙说，其中插入一些死者的遗书，即使是片纸只字也不放过；只是这位人物迥异于常人，要想找出他一举一动的真实动机，确实是十分困难的。

愤懑（mèn）与忧郁在维特心中扎的根越来越深了，两者紧紧地缠绕在一起，久而久之就控制了他的整个性情。他精神的和谐完全被摧毁了，内心烦躁得如被烈火焚烧，把他各种天赋的力量统统搅乱，最后他落得个心力交瘁、走向毁灭的结局。【名师点睛：维特

121

▶ 少年维特的烦恼

的精神被愤懑和忧郁占据，心力交瘁的他选择放弃生命。】

为了摆脱这种困境，维特拼命挣扎，使出了比过去和任何灾祸做斗争时更大的劲。内心的忧惧消耗了他余下的精神力量，他不再生气勃勃、聪敏机灵，整天悲伤不已，因此他越发变得不幸了，而这不幸又使得他变得越发任性起来。至少，阿尔贝特的朋友们是这样讲的，他们认为，维特像个年轻时大吃大喝把全部财产花光，晚年只好吃苦挨饿的人，他对终于获得渴望已久的幸福的那个真诚稳重的丈夫阿尔贝特，以及阿尔贝特力图在将来仍保持这个幸福的行为，都不能做出正确的判断。【写作借鉴："阿尔贝特的朋友们"是站在阿尔贝特的角度去看待这件事的，他们无法了解到维特的真实情况。】

他们又说，阿尔贝特在这段短短的时间里没有什么改变，他依然像以前一样非常看重维特，尊敬维特。他爱绿蒂，超过世间一切，他为她感到自豪，希望大家都赞美她是最贤淑的人。如果他不愿把这珍贵的宝贝和旁人分享，哪怕只有一瞬间，哪怕是出于最清白无邪的方式，难道我们能因此责怪他吗？

他们承认，当有维特在他妻子房中的时候，阿尔贝特常常就走开了，但他这样做并不是出于对朋友的敌视和反感，而只是因为他感觉到，维特在他跟前似乎总是显得局促不安。【名师点睛：阿尔贝特总是绅士地离开，以缓解维特的尴尬。】

绿蒂的父亲染了病，只能躺在家里，阿尔贝特给她派来一辆马车，她便坐着出城去了。那是个美丽的冬日，刚下过一场大雪，田野上全给盖上了一层白被。

维特次日一早就跟了去，以便在阿尔贝特不来接绿蒂的情况下，自己可以陪她回来。

晴朗的天气也没能改变他那阴郁的情绪。他的心里总是感觉压抑难受，老有些可悲的景象萦绕在眼前，使他脑子里不断涌现出一个接一个的痛苦念头。正如他始终对自己不满一样，别人在他看来也就更加有问题，更加一团乱了。他一直以为，阿尔贝特夫妇之间的和谐关系已经遭到了破坏，为此他不但自责，还暗暗地埋怨身为丈夫的阿尔贝特。【名师点睛：维特认为自己已经破坏了阿尔贝特夫妇间的感情，为此深深自责，却又埋怨阿尔贝特，说明他因为爱而不得失去了原有的理智。】

一路上，他都在想这个问题。"哼！哼！"他暗自嘀咕，牙齿磨得咯咯响，"说什么相亲相爱，互信互谅！说什么忠贞不渝！我只见到厌腻和漠不关心！每一桩无聊的事务，不是都比他珍贵的爱妻更吸引他吗？他懂得珍惜自己的幸福吗？他懂得对妻子的关怀吗？他占有了她，不错，她是属于他的，这是我知道的，我还不免常常这样想：他会使我发疯的，他还会杀死我。他对我的友谊难道坚如磐石吗？我对绿蒂的依恋，难道他没有看作是侵犯了他的权利？我对她的关怀，他不认为是隐隐的指责？我心里明白，他不喜欢看见我，希望我离开，我在场对他来说是个负担。"【名师点睛：敏感、细腻的维特认为阿尔贝特对自己不耐烦了。】

维特一次次放慢脚步，又一次次停下来站着发呆，看样子已经打算往回走了。然而，他终究还是继续往前走去，边走边思索，边走边唠叨，最后像是很不情愿地走到了猎庄门前。

他跨进大门，打听法官和绿蒂在哪里，发现屋子里的人都有些激动。最大的一个男孩告诉他，瓦尔海姆那边出事了，一个农民被打死了！这个新闻没有给维特留下多少印象。他走进里屋，发现绿蒂正在极力劝说自己的父亲，叫法官不要拖着有病的身子去现场调查那件惨案。凶手是谁尚且无法得知。有人早上在门口发现了受害者的尸体，估计就是那位寡妇后来雇的长工，她先前雇的那个是在心怀不满的情况下离开的。

▶ 少年维特的烦恼

维特一听马上跳了起来。

"完全可能！"他叫道，"我得去看看，一秒钟也不能耽搁。"

他匆匆忙忙地向瓦尔海姆奔去。途中，一桩桩往事又历历在目，他毫不怀疑，肇事者就是那个多次与他交谈，后来简直成了他知己的青年农民。【名师点睛：往事总能勾起维特对这世间的一点儿留恋。】

要走到停放尸体的那家酒店，他就必须从那株菩提树下经过，一见这个曾经极为可爱的地方如今已面目全非，他心中不由得一震。邻家孩子们常常坐在上面游戏的那道门槛，眼下已是一片血污。爱情与忠诚这些人类最美好的情操，已经蜕变成了暴力和仇杀。高大的菩提树没有叶，覆盖着霜，以前在公墓的矮墙上形成一个穹顶的美丽树篱如今光秃秃的，白雪覆盖的墓碑便从空隙中突显出来。【名师点睛：曾经充满幸福回忆的地方，如今树叶凋敝，风景萧然，满目苍凉。】

当他走近酒店时，全村的人已经聚集在那儿，突然响起一阵喊声。远远望去，看见一群拿着武器的男人，大家嚷嚷着："凶手捉到啦！"维特举目望去，再也没有疑惑了。不错！正是那位热恋着女东家的青年农民，维特不久前还遇到过他，他那时默默含恨，灰心绝望地到处飘荡。

维特走到犯人跟前，叫道："不幸的人，你怎么干出这种事来！"犯人默默地望着他，最后才泰然地说："我不许有人娶她，也不许她嫁人。"【名师点睛：青年农民对爱情的执着与疯狂，像极了维特。】他们把犯人带进酒店后，维特急急地走了。

这个可怕的、残酷的经历，大大地震动了他，使他的心完全乱了。霎时间，他像让人从悲哀、抑郁和冷漠的沉思中拖了出来，突然被种种不可抗拒的同情牢牢地控制住，因而产生了无论如何都要挽救青年农民的强烈欲望。他觉得青年农民太不幸了，即使成为罪人他也仍然是无辜的。他把自己完全摆在青年农民的位置上，确信能说服其他人也同样相信青年农民的无辜。他恨不能立刻为青年农民辩护，他的脑子里已经装满了有力的证词，他急匆匆地向猎庄赶去，半道上就忍不住把准备向法官陈述的话低声讲了出来。

他一踏进房间，发现阿尔贝特也在场，情绪顿时就低落下来，但是他仍然打起精神，把自己的看法向法官讲了一遍，讲的时候情绪十分激动，可是法官却连连摇头。虽然维特把一个人替另一个人辩护所能讲的全讲了，而且讲得热情洋溢、娓娓动听，但结果显而易见，法官仍然无动于衷。他甚至不容许我们的朋友把话讲完，就给予了激烈的驳斥，责怪维特不该袒护一个杀人犯！【名师点睛：法官对维特的辩护表示反对，他认为杀人犯就应被依法处置。】法官教训他说，若依他的说法，一切法律都得取消，国家的安全就得彻底完蛋。最后，法官还补充道，在这样的事情上，自己除去负起最崇高的职责，一切按部就班、照章行事以外，其余便什么也不能干。

维特还不罢休，甚至提出如果有人帮助那个人逃跑，希望法官睁一只眼、闭一只眼算了！这也遭到法官的拒绝。阿尔贝特这时插起嘴来，站在法官一边说话。维特孤掌难鸣，法官不止一次对他说："不行，他是罪无可赦！"他听了之后，怀着极其悲痛的心情走了。

这句话给了他多么沉重的打击，我们可以从一张显然是他当天写的字条中看出来。我们在他的文稿中找到了这张字条，上面写道：

"你没有救了，不幸的朋友！我明白，咱们都没有救了！"

至于阿尔贝特最后当着法官的面所讲的关于罪犯的一席话，维特听了更是反感至极，甚至还以为有几处影射自己的地方。【名师点睛：维特偏执地认为阿尔贝特处处跟他作对。】因此，尽管以他的聪明，经过反复考虑，不至于看不出这两个人的话可能有道理，他却不愿意承认这一点，似乎对他来说，一承认就意味着背弃了自己

125

▶ 少年维特的烦恼

的本性。

我们在他的纸堆里又找到一张纸条，根据上面的字句，也许充分表明了他和阿尔贝特的关系：

尽管我说了又说，说他是正派人，是好人，这有什么用？我的五脏六腑都被撕成碎片了，我没法称他的心。

在一个温和的傍晚，冰雪已经开始消融，绿蒂随阿尔贝特步行回城去了。途中她东瞅瞅，西望望，像是少了维特的陪伴，心神不定似的。阿尔贝特开始同她谈到维特，在指责他的同时，仍不忘替他讲几句公道话。阿尔贝特谈到他那不幸的热情，希望能够想办法让他离开。

"为了我们自己，我也希望这样，"阿尔贝特说，"另外，我请求你，"阿尔贝特一边注视着她一边讲，"想办法使他对你的态度改变一下，别让他老这么来看你。人家会注意的，再说据我了解，已经开始有人讲闲话啦。"

绿蒂默不作声，阿尔贝特似乎感到了她的沉默，从此再没对她提到过维特，甚至当她再提到维特时，他也立刻中止谈话，要不就把话题引到一边去。【名师点睛：阿尔贝特对绿蒂和维特的交往感到不快。】

维特想要救出那个不幸的人，他的努力成了泡影，这好像将要熄灭的灯火的最后几下火光；他陷入无尽的痛苦中，后来当他听说犯人不肯认罪，法庭有可能召他去做证，去证实犯人的罪行时，他气得几乎发狂。

他在实际生活中遭遇到的种种不快，在公使馆里遇到的难堪，以及一切的失败，一切的屈辱，这时都统统在他心里上上下下地翻腾开来。这一切的一切，都使他觉得自己的无所作为就是应该的。他发现自己毫无出路，连平平庸庸地生活下去的能力都没有。结果，他便任自己那古怪的性情、思想以及无休止的渴慕的驱使，一个劲儿地和那位温柔可爱的女子周旋，毫无目的、毫无希望地耗费着自己的精力，既破坏了人家的安宁，又苦了自己，一天一天地向着可悲的结局靠近。【名师点睛：现实生活的种种打击和不被认可，已经摧毁了维特最后的坚强，他的思想与当时社会的格格不入，使他看不到未来，导致了他的悲剧。】

有关他的迷惘和激情，有关他不停息地挣扎和奋斗，以及他对生命的厌倦，有几封遗书是最有力的证据，我把它们安插在这里。

阅读与思考

1. 维特做了什么偏执的事去拯救为爱杀人的青年农民？
2.阿尔贝特是如何委婉地劝绿蒂与维特保持距离的？

12月12日

名师导读

山谷的雪融化了，奔流的河水冲击着维特的心田，为何他看不到任何生存下去的希望？

亲爱的威廉，目前我正处于一种坐立不安的状态，就像人们说的那种被恶鬼驱赶着四处游荡的不幸者一样。我时常深感不安，这既非恐惧，也非渴望，而是一种内心莫名的狂躁，几乎要将我的胸脯撕裂，将我的喉咙扼断！难受呀，难受呀！【名师点睛：困惑和矛盾使维特喘不过气，他感到窒息。】于是，我只好跑出门外，在这严冬季节的可怕夜里瞎跑一气。

昨晚我又不得不跑出去。冰雪突然开始化了，我听说河水泛滥，大水沿着瓦尔海姆绵延而下，我那心爱的山谷都被淹没了！夜间十一点钟

少年维特的烦恼

过后,我跑了出去。看到一片吓人的景象,汹涌的河水从山崖的岩石间倾泻而下,在月光中翻滚回旋,淹没了田地、牧场、树篱和其他的一切,广阔的山谷也变成了一片汹涌咆哮的海洋,月亮重新露出脸来时,静静地枕在乌云上。流水映出惨淡威严的月光,在我的眼前滚滚而过,我感到一阵战栗,接着又产生一种渴望!哦!我站在那儿,张开双臂,面对深渊喘息。"下去吧!"我沉沦在狂喜之中,要把我的烦恼和痛苦一起投下深渊,像波涛一样滚滚流去!唉!但是我无力抬起双脚,离开地面,来结束我的一切苦恼!哦,威廉呀!我如果能随着狂风把云层撕碎,把流水紧抱,我是多么乐意把我的生命抛却!哈哈!那位狱中人难道有一天不会得到这种快乐?……【写作借鉴:这里是对山洪的描写,多处使用了拟人的手法,如"月亮重新露出脸来时,静静地枕在乌云上"。这时维特已经有自杀的念头了,他只是没有勇气迈出那一步,但是等他做完他要做的事之后,可以想见,他还是会走上这条路的。】

我俯瞰着曾与绿蒂一起去过的小草坪,俯瞰着那株我俩曾在下边坐过的老柳树,我心里非常难过——草坪被水淹了,老柳树也几乎认不出来了,威廉啊!

"还有她家的那些草地,还有她家周围的整个区域!"我想,"我们的小亭子这时怕早就让激流毁得面目全非了吧!"想到此,一线往昔的阳光射进了我的心田,宛如一个囚犯梦见了羊群,梦见了草地,梦见了荣耀的升迁一般!我站立着,不再责骂自己没有死的勇气。我本该……

唉,我现在又坐在这儿了,恰似一个从篱笆下拾柴和挨家挨户要饭的穷老婆子,苟延残喘,得过且过,毫无乐趣可言。【名师点睛:维特将自己与乞丐类比,表达了对未来的绝望。】

阅读与思考

1. 严冬季节的夜晚,维特为什么要到山谷里瞎跑?
2. 在熟悉的山谷里,维特为什么感受不到任何乐趣?

12 月 14 日

> **M 名师导读**
>
> 维特认为自己对绿蒂的感情十分纯洁，但他因偶尔冒出的欲念而痛苦、自责，维特离死亡越来越近。

这又是怎么一回事，好朋友？我竟害怕起自己来了！难道我对她的爱，不是最神圣、最纯洁、最真挚的爱吗？难道不知道什么时候我心中曾怀有过该受惩罚的欲念吗？

我不敢相信，也不敢做任何的保证……然而现在，这样的梦境！哦！人们把这种矛盾的作用归因于不可知的力量，说出来也让我浑身发抖。昨夜，我把她搂在臂弯里，让她紧紧地贴着我的胸膛，并把无数的甜吻印在她情话呢喃的嘴唇上，我的眼睛在她喝醉了似的明眸里沉浮！上天呀！回想起这炽热的欢乐，我竟感到了一种至高无上的幸福，绿蒂呀，绿蒂！我完啦！我的神思纷乱，已整整一星期失去思考的能力了，我的眼睛里盈满了泪水。无论我走到哪里，我都不会感到安逸了，我已经没有愿望，没有企求了。看来，我真的该走了！【名师点睛：此时自杀的念头占据着维特的大脑。】

这期间，在上述情况下，离开世界的决心在维特的脑子里越来越坚定。自从回到绿蒂身边，他就一直把这看作是最后的出路和希望。不过他对自己说，不应操之过急，更不应草率行事，必须怀着美好的信念，怀着尽可能宁静的决心，去走这一步。

下面这张在他的文稿中发现的字条，看来是一封准备写给威廉的信，刚刚开了个头，没有落款日期。从这则残稿中，可以窥见他的犹豫不决。

▶ 少年维特的烦恼

她的存在,她的命运以及她对我命运的同情,从我早已干涸的眼里挤出了最后的几滴泪水。

掀起帷幕,退入幕后吧!一了百了!为什么还犹豫不决呢?因为没有人知道帷幕后面是什么光景?因为从此一去不复返了吗?<u>这正是我们精神的特性,凡是我们不知道的地方,总以为是混沌和黑暗的。</u>【名师点睛:维特认为死亡或许是一种好的处理方法,是让自己摆脱烦恼的唯一途径。】

维特终于和这个阴郁的念头一天天亲密起来,决心便更坚定、更不可更改了。下面这封他写给自己友人的含义双关的信,为我们提供了一个证明。

Y 阅读与思考

1. 维特的"我真的该走了"该怎么理解?
2. "这个阴郁的念头"是指什么?又是如何产生的?

12月20日

M 名师导读

维特已经做好和世界告别的准备,他想在圣诞节前最后一次去探望绿蒂,他们见面会发生什么事呢?

我非常感谢你的友情,威廉,真的非常感谢你对那句话做了这样的理解。是的,你说得对,我真该走了。只是你让我回到你们那儿去的建议,并不合我的意,无论如何我想兜个圈子,尤其是我还希望寒冬再持续一段时间,眼看路又会变得好走起来了。你想来这里接我,我十分感激,只是请你推迟两个礼拜再来,等你接到我的下一封信以及其他消息后再说吧。千万别等果子没熟就摘啊！两个礼拜可以干很多事情。请告诉我母亲，请她为自己的儿子祈祷，求她原谅我带给她的种种不快。

【名师点睛：一字一句都透露着维特的悲痛和愧疚，他离开的决心已定。】我本该给他们带来快乐，却让他们如此悲伤，这就是我的命运。再见吧，我最亲爱的朋友！愿上天保佑你永远幸福！再见！

这段时间绿蒂的心绪如何，她对自己丈夫的感情怎样，对她不幸的朋友的感情怎样，我们都不便贸然下断语。尽管凭着对她的个性的了解，我们可以在私下做出评判，只有一颗美丽的女性的心，才能设身处地地体会出她的感情。

可以肯定的是，她已下了决心，要想尽一切办法打发维特离开。如果说她还有所迟疑的话，那也是出于对朋友的一片好意和爱护。她了解，这将使维特多么难受。是的，对他来说，这几乎就不可能办到。然而，在此期间发生的情况更加逼迫她认真采取行动，她的丈夫压根儿就不肯再提这件事，就像她也一直保持着沉默一样，而唯其如此，她便更有必要通过行动向他证明，她并未辜负他的感情。

【名师点睛：通过这段话我们可以看出绿蒂为安抚阿尔贝特的嫉妒心，对维特的态度由亲近变成了疏远。绿蒂的这种做法对维特造成了极大的伤害，但绿蒂并没有错。】

上面引用的那封维特致友人的信，写于圣诞节前的礼拜日。当晚，他去找绿蒂，碰巧只有她一个人在房中。绿蒂正忙着整理准备在圣诞节分送给弟妹们的玩具。维特说小家伙们收到以后一定会高兴得欢天喜地了，并回忆了自己突然站在房门口，看见一棵挂满蜡烛、糖果和苹果的漂亮圣诞树时的惊喜心情。"你也会得到礼物的，"绿蒂说，同时嫣然一笑，借以掩饰自己的困窘，"你也会得到礼物，条件是你要很听话，比如得到一支圣诞树上的蜡烛。"【写

131

▶ 少年维特的烦恼

【写作借鉴：语言描写和神态描写，表现了绿蒂的尴尬，她极力维持两人之间的朋友关系。】

"你说的听话是什么意思？"维特嚷起来，"你要我怎么样？我还能够怎么样？亲爱的绿蒂！"

"星期四晚上是圣诞节前夜，孩子们都到这里来，我父亲也来，每人都会得到一份礼物的，你也就来吧……但是在这天以前你不要来！"

维特听了一下愣住了。

她继续说："我求求你，为了我的安宁，不能再这样继续下去了。"【名师点睛：维特炽热的情感让绿蒂感到害怕和不知所措，她希望维特能放弃自己。】

维特的目光从她的身上移开了，他在房间里走动，从牙齿缝里喃喃地漏出这句话来："不能再这样继续下去啦！"

绿蒂感到她这几句话使他失魂落魄了，故意提出各种问话，想转移他的思路，但是没用。

"不，绿蒂，"他叫道，"我不会再见到你啦！"

"为什么这样说？"她插嘴道，"维特，你能够再见到的，但是你要克制自己呀。唉！你为什么生就这副急躁的脾气，一碰到什么，就对它满怀热情，再也不肯撒手！"她握住他的手，继续说，"你要克制自己呀！凭你的心灵、知识、才能，难道不会给你提供多种多样的欢乐？做一个堂堂男子汉！把你伤心的恋情从一个女子身上移开吧，她除了怜悯你，别的什么都不能做呀。"

维特把牙齿咬得咯吱咯吱响，目光阴郁地瞪着她。绿蒂握着他的手，说道：

"快冷静冷静吧，维特！你难道感觉不出来吗？你是在自己欺骗自己，你这不是存心把自己毁掉吗！干吗一定要爱我呢，维特？我可已是另有所属啊！干吗偏偏这样？我担心，我害怕，仅仅是因为

132

这不可能实现，才使这个占有我的欲望对你具有如此大的诱惑力。"

【名师点睛：绿蒂误会维特对自己的感情是邪恶的欲望作祟。】

维特把自己的手从她手里抽回来,目光定定地、愤怒地瞪着她。

"高明！"他喝道，"真是太高明了！没准儿是阿尔贝特这么讲的吧？外交家！了不起的外交家！"

"谁都可能这样讲。"绿蒂回答，"难道世间就没有一个姑娘合你的心意吗？打起精神去找吧，我发誓，你一定能找到的。要知道，有些时候你自寻烦恼，早就让我为你和我们担心了啊。打起精神来！去旅行吧！这将会，而且一定会使你心胸开阔起来的。去找吧，找一个值得你爱的人，然后再回来和我们团聚，共享真正的友谊和幸福。"

维特冷笑一声说："这些话倒可以印成文字，推荐给所有的家庭教师。亲爱的绿蒂！你让我稍微休息一下，一切自会解决的！"

"不过，维特，不到圣诞前夜，你千万别来呀！"——他正要回答，这时阿尔贝特进来了。两人冷冰冰地相互问了晚安，一起在房间里尴尬地踱来踱去。维特找些鸡毛蒜皮来攀谈，但很快无话可说，阿尔贝特也是一样，于是他向妻子问起某些他嘱咐过的事，听说她还没有做好，而维特则觉得这些话特别冷酷。【名师点睛：阿尔贝特和维特之间变得小心翼翼、无话可说。】维特想走，又不能走，一直拖延到八点钟，等到饭桌铺好，他拿起帽子和手杖。阿尔贝特请他留下吃饭，但是他听来觉得只是一句随便说说的客套，冷冷地道谢一声后走了。

维特回到家中，从为他照路的年轻仆人手里接过蜡烛，走到了卧室里，一进门便放声大哭，没过一会儿又激动得自言自语，绕室狂奔，最后和衣倒在床上，直到深夜十一点，仆人蹑手蹑脚地摸进来问少爷要不要脱靴子，这才惊动了他。他让仆人替他把靴子脱了，

▶ 少年维特的烦恼

告诉仆人，如果明天早上他没喊仆人的名字，仆人就不准进房来。

礼拜一清晨，他给绿蒂写了一封信。他死后，人们在他的书桌上发现了这封信，已经用火漆封好，便送给了绿蒂。从行文本身看出，信是断断续续写成的，我也就依其本来面目，分段摘引如下——

绿蒂，我已经决定了，我要去死了。我在给你写这封信的时候，并没有怀着浪漫的激情，反而心平气和，在将要最后一次见到你的今天早上。当你捧读此信的时候，亲爱的，冰冷的黄土已经盖住了我这个不安和不幸的人的僵硬的躯体。在这生命的最后一刻，最令我感到甜蜜的快乐就是和你交谈。我经历了一个可怕的夜晚，不过也是一个慈悲的夜晚。正是因为这一夜，坚定了我的决心，使我打定主意离开人间！昨天和你分别后，我神思恍惚。似乎一切东西都在冲击我的心，我在你身旁已没有希望，没有欢乐，我的心收紧了，发着可怕的冷战。我刚走到房间，就疯了似的跪倒在地上。【名师点睛：维特因伦理道德无法继续待在绿蒂身边，就算在她身边也不快乐，更没希望。偏执的维特只好选择死亡。】哦，上天呀！你把最苦的眼泪和最后一点安慰赐给了我！无数计划在我心中翻腾。最后只剩下这唯一的想法在我心中屹立，完完全全，我要离开人间了！我睡下了，早晨醒来，我心情平静，而这念头依然那么坚定，那么倔强地屹立在我的心中；我要离开人间了！这不是出于绝望，这是出于我的自信，我要为你牺牲自己。是的，绿蒂！为什么我要隐瞒呢？我们三人之中总得有一人离去，这个人只能是我！亲爱的，那就让我去死吧！

当你在一个美丽的夏日黄昏登上山冈时，可千万别忘了我啊，别忘了我也常常喜欢上这儿来。然后，你要眺望那边公墓里我的坟墓，看看我坟头的茂草是如何在落日的余晖中让风吹得摇曳不定……【名师点睛：维特已经想到死后凄凉的场景，孤苦伶仃，落日萧瑟。】

我写此信时心情是平静的。可写到这儿，一切都生动实在地出现在我面前,我又忍不住哭了,像个孩子似的哭了。

将近十点,维特叫来他的仆人,一边穿外套一边对他讲,过几天他要出去,让仆人把他的衣服洗刷干净,打点好全部行装,此外,又命令仆人去各处结清账目,收回几本借给人家的书,把他本来按月施舍给一些穷人的钱提前一次性给两个月的。【名师点睛:善良的维特此时还惦记着周围的穷人,尽管他已丧失生活的信心。】

他吩咐把早饭送到他房里去。吃完饭,他骑着马去法官家。法官不在,他便一边沉思,一边在花园中踱来踱去,像是在对以往的种种伤心事做最后一次总的重温。

孩子们不让他安静,在他身旁蹦蹦跳跳,对他说:明天,后天,再过一天,他们就要去绿蒂家拿圣诞礼物了。他们凭自己小小的想象力向他谈起种种奇迹。——"明天!"他叫出声来,"后天!再过一天!"——他深情地逐个吻了他们,正要离开他们时,那个小男孩凑到他的耳边,还要向他说悄悄话。他透露了一个秘密:大哥哥们已经写好了美丽的贺年卡片,有这么大!一张给爸爸,一张给阿尔贝特和绿蒂,还有一张给维特先生;他们要在新年的那天早上送给大家。听到这些话,维特再也受不住了,他给每个孩子送了些东西,跨上马背,要他们代他向老人家问好,说完便含着热泪策马而去。【名师点睛:在离别前的早上,维特来到了法官家,他准备做一次总的回忆。在这里他遇到了天真烂漫的孩子们,孩子们依旧喜欢着维特,还为他准备了新年礼物。他大受感动,因为他对孩子们有着特殊的感情。】

将近五点,他回到住所,吩咐女仆去给卧房中的壁炉添足柴,以便火能一直维持到深夜。他还让仆人把书籍和内衣装进箱子里,把外衣缝进护套。做完这些,他显然又写了给绿蒂的最后一封信的下面这个片段:

▶ 少年维特的烦恼

你没想到我还会来吧，你以为我会直到圣诞节晚上才来看你，是不是？啊，绿蒂！今日不见就永远都见不到了。到圣诞节晚上你手里捧着这封信，你的手将会颤抖，你莹洁的泪水将会把信纸打湿。我要这样做，必须这样做！我多舒畅，我已下定决心了！【名师点睛：维特不后悔做出这样的决定，反而坚定无比，他能想象到当绿蒂拿着这封绝笔信时痛苦的样子，他反而觉得值得，心底坦荡。】

绿蒂在这段时间里心境也很特别。那次和维特谈话之后，她就感到要她和他分开是多么困难，而维特如果被迫离开了她，又会何等痛苦。

她仿佛在无意中向阿尔贝特提起，圣诞节前夜以前维特不会再来了，阿尔贝特因为有公事，骑着马找邻区的一位官员去了，必须在那里过夜。

绿蒂独坐房中，身边一个弟妹也没有，便不禁考虑起自己眼前的处境来。她看见自己已永远和丈夫结合在一起。深知丈夫对她的爱和忠诚，因此也打心眼里倾慕他，他的稳重可靠仿佛是天生用来作为一种基础，好让一位贤淑的女子在上面建立起幸福的生活似的。【名师点睛：绿蒂性格传统，思维冷静，她不同于维特的执着，她认为生活安宁更重要。】她感到他对她和她的弟妹来说，真是永远都不可缺少的靠山啊。可另一方面，维特对于她又是如此可贵，从相识的第一瞬间起，他俩就意气相投。后来，长时间的交往以及种种共同的经历，都在她心中留下了不可磨灭的印象，她不管感到或想到什么有趣的事，都已习惯于把自己的快乐和他一块儿分享。他这一走，必然会给她的整个人生造成永远无法弥补的缺憾啊！要是她能马上把他变成自己的哥哥就好了！这样她会多么幸福啊！她真希望能把自己的一个女友许配给他，真希望能恢复他和阿尔贝特的友好关系！

她把自己的女友挨个儿想了一遍，发现她们身上都有这样或那样的缺点，觉得没有一个能配得上维特。

经过这种种思索，她深深地感到，她的心中隐藏着一个热切的愿望，要把他保留给自己，同时又告诫自己，不能保留他，她那纯洁的、美好的、轻松的、易于排遣的心情感受到阴郁的重压，她幸福的期望已被阻断。【名师点睛：绿蒂认为周围没有一个人能配得上维特，她希望维特只属于自己。】她内心抑郁，一团悲戚的阴云遮挡在她的眼前。

到了六点半。突然，她听见维特上楼来了。她一下子便听出这是他的脚步和他打听她的声音。她的心怦怦跳起来，可以说，她在他到来时像这个样子还是第一次。她很想让人对他讲自己不在。当他跨进房门时，她心慌意乱地冲他叫了一声："你食言了！"

"我可没许下过任何诺言。"维特回答。

"就算这样，你也该满足我的请求呀，"她反驳说，"我求过你让我们两人都安静安静的。"

她不清楚自己说了些什么，也不清楚自己做了些什么，糊里糊涂地就派人去请她的几个女友来，以免自己单独和维特待在一起。他呢，放下带来的几本书，又问起另外几本书。这时，绿蒂心里一会儿盼着她的女友快来，一会儿又希望她们可千万别来。【名师点睛：绿蒂内心充满矛盾，她渴望与维特独处，又希望有朋友在场。】女仆进房回话，说有两位不能来，请她原谅。

她想叫女仆在隔壁房里做针线活，但一转念又改变了主意，维特在房中踱着方步，她便坐到钢琴前，弹奏法国舞曲，但怎么也弹不流畅。维特已在他坐惯了的老式沙发上坐下。她定了定神，也不慌不忙地坐在他对面。

"你没有什么书好念念的吗？"她问。

137

▶ 少年维特的烦恼

他说："没有。"

"那边，在我的抽屉里，放着你译的几首莪相的诗，"她又说，"我还没有念它们，一直希望听你自己来念，谁知又老找不到机会。"

维特微微一笑，走过去取那几首诗。可当他把它们拿在手中时，身上便不觉打了个寒战，低头看着稿纸，眼里已噙满泪花。【名师点睛：想到以后都不能给绿蒂读诗了，维特抑制不住内心的悲伤。】他坐下来念道：

朦胧夜空中的孤星啊，你在西天发出美丽的光芒，从云朵深处昂起你明亮的头，庄严地迈向你的丘冈。你在这荒原上寻觅什么呢？那狂暴的风已经停息，溪流的絮语从远方传来，咆哮的惊涛拍击岩岸，夜蛾儿成群飞过旷野，嗡嗡嘤嘤。你在这荒原上寻觅什么呢？美丽的星，瞧你微笑着冉冉行进，欢乐的浪涛簇拥着你，洗濯着你的秀发。别了，安静的星。望你永照人间，你这莪相心灵中的光华！【写作借鉴：这里运用了拟人的修辞手法。孤星被拟人化了，它在荒原上飘荡着，似乎在寻找什么。"欢乐的浪涛簇拥着你，洗濯着你的秀发"，星也被赋予了人的感情。】

在它的照耀下，我看见了逝去的友人，他们在罗拉平原聚会，犹如过去的日子里一样。——芬戈尔来了，像一根潮湿的雾柱；瞧啊，在他周围是他的勇士，那些古代的游吟歌者：白发苍苍的乌林！身躯魁梧的利诺！歌喉迷人的阿尔品！还有你，自怨自艾的弥诺娜！——我的朋友们啊，想当年，在塞尔玛王室大厅里，我们竞相歌唱，歌声如春风阵阵飘过山丘，窃窃私语的小草久久把头儿低垂；自那时以来，你们可真变了样！

这时，娇艳的弥诺娜低着头走出来，泪眼盈盈；从山冈那边不断刮来的风，吹得她浓密的头发轻飘。她放开了甜美的歌喉，勇士们的心里更加忧伤；要知道他们已一次次张望过萨格尔的坟头，一次次张望过白衣女可尔玛幽暗的居处。可尔玛形单影只地伫立在山冈上，歌声悦耳动听；萨格尔答应来却没来，四周已是夜色迷茫。听啊，这就是可尔玛的歌声,她正独自坐在山冈上。

可尔玛

夜幕降临!——我孤独地坐在狂风呼啸的山冈上。山中狂风呼啸,河流咆哮着跃下山岩。可怜我这被遗弃在风雨中的女子,没有茅屋供我避雨栖身。月儿啊,从云里走出来吧!星星啊,在夜空中闪烁吧!请照亮我的道路,让我去到我的爱人狩猎后休憩的地方。在那里,松了弦的弓弩摆放在他身旁,他周围趴着大声喘气的狗群。可我不得不独自坐在杂树丛生的河畔,激流和风暴不停呼啸,我却听不见爱人一丝声音。

为何我的萨格尔迟迟不归?难道他已经忘记自己的诺言?这儿就是那岩石,那树,那奔腾的河流!唉,你答应天一黑就来这里找我的!我的萨格尔啊,你可是迷失了方向?我愿随你一起逃走,离开高傲的父亲和兄弟!我们两家世代为仇,我俩却不是仇人,萨格尔啊!

风啊,你静一会儿吧!激流啊,你也请别出声!让我的声音越过山谷,传到我那漂泊的爱人耳际。萨格尔!是我在唤你哟,萨格尔!岩石和树林都在这儿,萨格尔,我的爱人!我一直在这儿等你,你为什么迟迟不来?

看,月亮出来了,溪流在峡谷中闪闪发光,峭壁上灰色的岩石突兀立起;可山顶却不见他的踪影,他的爱犬也没有先来报信,我只得孤零零坐在这里。

可躺在那下边荒野上的是谁啊,我的爱人?我的兄弟?——你们说话呀,我的朋友!啊,他们不回答,令我惊恐万分!——啊,他们死了!他们的剑上血迹斑斑!【名师点睛:萨格尔和可尔玛的弟弟为了家族世仇而角斗,结果情郎和兄弟都遭遇不幸。】我的兄弟啊,我的兄弟,你为何杀死我的萨格尔?我的萨格尔呀,你为何杀死我的兄弟?你们都是我的亲人哟!你英俊的模样万里挑一,战斗中也英勇无敌。回答我吧,亲爱的人们,你们可曾听见我的呼唤!唉,你们沉默无言,胸膛已经如同泥土般

少年维特的烦恼

冰凉！

亡灵们呀，你们从峭壁的岩石上，从暴风雨中的山巅上和我讲话吧！我绝不会胆小害怕！告诉我，你们将去哪儿安息？我要到群山中的哪个洞穴里才能找到你们啊！——我在狂风中听不见一丝回音，在暴雨里得不到一点微弱的回答。

我坐在山冈上大声痛哭，泪流满面，直到黎明。死者的朋友们啊，快挖掘坟墓，但在我到来之前，千万别把它关闭。我怎能苟延残喘呢？我的生命已缥缈若梦，我愿和我的亲人做伴，居住在这岩石鸣响的溪畔。<u>每当夜色笼罩山冈，狂风掠过旷野，我的灵魂将在狂风中伫立，为我亲人的死哀泣。猎人在他的小屋中听见我的悲恸，既恐惧又欣喜；要知道我是在悼念自己亲爱的人，声音又怎能不悦耳动听！</u>【名师点睛：可尔玛的灵魂在旷野里哀泣，思念两个挚爱的人。】

这就是你的歌啊，弥诺娜，托尔曼妩媚娇艳的女儿。我们的泪为可尔玛而流，我们的心里充满凄楚之情。

乌林怀抱竖琴走来了，为阿尔品的歌唱伴奏。——阿尔品的歌声多么悦耳，利诺心里热情似火。可眼下他们都已安息在陋室中，他们的歌声已在塞尔玛绝响。在英雄们未曾战死的时候，有一次乌林打猎归来，他听见他们在山上比赛唱歌，歌声悠扬，却充满哀伤。他们悲叹群雄中的佼佼者——穆拉尔的陨落，说他的宝剑如奥斯卡般厉害，他的灵魂高尚如芬戈尔。——但他仍然倒下了，他的父亲悲痛失声，他的姐姐弥诺娜泪流成河。她在乌林唱歌以前便唱了，犹如西天的月亮预见到暴风雨即将来临，将美丽的脸儿往云里躲藏。我和乌林一同拨响琴弦，伴着利诺悲哀地歌唱。

利　诺

风雨过后，云雾散开，天气晴朗，匆匆离去的太阳又照耀着山冈。被阳光映红的溪水穿过峡谷，水声潺潺，奔向远方。可我聆听到一个更动人的声音,那是阿尔品的声音,他正悲伤地为死者歌唱。他低垂着衰老的头颅,他带泪的眼睛红肿。阿尔品,杰出的歌手,为何独自来到这寂静的山上?你为何悲声不断,像穿林的风,像拍岸的浪?

阿尔品

　　利诺啊,我的泪为死者而流,我的歌为逝去者而唱。在山冈上,你是何等的英俊伟岸。但你也将像穆拉尔一样战死,也会有人在你的坟上痛哭悲伤。群山将把你忘记,你的弓弩将存在大厅,从此再不把弦张。

　　穆拉尔啊,在这山冈上你曾飞奔如野鹿,狂暴如烈火。你的愤怒如可怕的飓风,你的宝剑如荒野的闪电,你的声音如雨后的山洪,如远方山冈上的雷动!【名师点睛:此处刻画了穆拉尔的英雄形象。穆拉尔是史诗神话里塞尔玛国的战神。】多少人曾被你愤怒的烈火吞噬,多少人曾死在你手中。可当你从战斗里凯旋,额头上又洋溢着宁静!你的容颜如雨后的太阳,又如静夜的月亮;你的胸膛犹如风平浪静的海洋!

　　如今,你的居室狭小,你的住处昏暗,你的墓穴长不过三步;而你从前的身躯是多么高大啊!四块顶上长满青苔的石板砌成你唯一的纪念碑,还有一棵枝叶凋零的树木和几株在风中瑟瑟的野草告诉猎人,这儿就是伟大的穆拉尔的归宿!没有母亲来为你哭泣,没有情人来为你一洒清泪。生育你的人已经不在人世;那位莫格兰的女儿,早已香消玉殒。

　　那扶杖走来的是谁呢?他已是白发苍苍,他红肿的双眼已经满含泪水,啊,那是你的父亲,穆拉尔,你是他唯一的儿子!他曾听见你在战斗中高声呐喊,他曾听见你打得敌人四处逃窜;他曾听见你如雷的声名,唉,不知你身已伤残!痛哭吧,穆拉尔的父亲!哭吧,尽管你儿子已听不见你的声音!死者已经沉睡,头枕尘埃,再也不会听见任何声音,你的呼唤也不会把他唤醒。啊,墓穴中何时能有黎明,能召唤酣睡者:醒一醒!

　　再见吧,最高贵的人,沙场上无敌的勇士!从此战斗中再见不到你的英姿,幽林间再不会闪烁出你利剑的寒光!【名师点睛:作者赞美了穆

141

▶ 少年维特的烦恼

拉尔的丰功伟绩，为英雄的逝去感到悲哀。】你没有子嗣继承伟业，但歌声将使你不朽，后世都会听到你，听到战死沙场的穆拉尔的英名。

英雄们无不放声号哭，最伤心、最撕心裂肺地号啕的莫过于阿明老人了。他悼念他的亡儿，痛惜亡儿正值青春年华却早夭。加马尔的君王卡莫尔坐在老英雄身边，问："阿明啊，你为何在痛哭流涕？是什么让你大放悲声？且听这声声弦歌，真是悦耳迷人呀！它好似湖上升起的薄雾，轻轻飘进幽谷，把盛开的花朵滋润；可当烈日重新照临，这雾啊也就消散尽了。你为何悲恸啊，阿明，你这岛国戈尔马的至尊？"

"悲恸！可不是吗，我的悲痛真诉说不尽。卡莫尔啊，你没有失去儿子，没有失去如花的女儿；勇敢的哥尔格还健在，天下最美的姑娘安妮拉还侍奉着你。你的家族枝繁叶茂，卡莫尔；可我的阿明家却断了后嗣。岛拉啊，你的床头如此阴暗，你已在发霉的墓穴中长眠。什么时候你才会唱着歌醒来呢，你的歌喉可还是那样美，那样甜？刮起来吧，秋风，刮过这黑暗的原野！怒吼吧，狂风，在山顶的橡树林中掀起巨澜！明月啊，请你从破碎的云絮后钻出来，让我看一看你苍白的脸！你们都来帮我回忆吧，回忆我失去儿女的恐怖的夜晚；那一夜，强壮的阿林达尔死了，岛拉，我亲爱的女儿，也香消玉殒了。【名师点睛：这是因战争而失去儿女的父亲的控诉。将明月拟人化，"钻"字运用得很传神，体现了阿明的悲痛。】

岛拉，我的女儿，你曾那么美丽！你的美丽如同悬挂在弗拉山冈上的皓月，洁白如天空飘下来的雪花，甜蜜如芳馨的空气！【写作借鉴：此处运用排比和比喻的修辞手法，阿明用皓月、雪花、空气来比喻女儿岛拉，讴歌她的美丽、纯洁和善良。】阿林达尔，你的弓弩强劲，你的标枪快捷，你的眼光如浪尖上的迷雾，你的盾牌如暴雨里的一片红云！

闻名遐迩的阿玛尔来向岛拉求亲，岛拉没有拒绝。朋友们已期待着那美好的时刻。

奥德戈的儿子埃拉德怒不可遏，他的弟弟曾死在阿玛尔剑下。他乔装成一名船夫，驾着一叶轻舟，他的卷发已老得雪白，脸色庄重和蔼。"最最美丽的姑娘啊,"他说,"阿明可爱的女儿!在离岸不远的海里,在鲜红的水果从树上向这儿窥视的山崖旁,阿玛尔在那里等待他的岛拉,我奉命来接他的爱人,带她越过波涛翻滚的海洋。"

岛拉跟着埃拉德上了船,口里不断呼唤阿玛尔;可她除去山崖的鸣响,就再听不见任何回答。"阿玛尔!我的爱人,我亲爱的!你干吗要这样把我恐吓?听一听啊,阿纳兹的儿子!听一听啊,是我在唤你,我是你的岛拉!"

埃德拉这个骗子,他狂笑着逃上陆地。岛拉拼命地喊啊,喊她的父亲,喊她的兄长的名字:"阿林达尔!阿明!怎么谁也不来救救你们的岛拉?"

她的喊声从海上传来,阿林达尔,我的儿子立刻从山冈跃下。终日行猎使他性格剽悍,他身挎箭矢,手执强弓,五只黑灰色猎犬紧紧跟在身边。他在海岸上瞧见胆大包天的埃拉德,一把捉住他,把他缚在橡树上,用绳子将他的腰身缠了又缠,缚得埃拉德在海风中叫苦连天。

阿林达尔架着自己的船破浪前进,一心要救岛拉回来。阿玛尔气急败坏起来,射出了他的灰翎利箭,只听嗖的一声响,阿林达尔啊,我的儿,射进了你的心房!你代替埃拉德殒命。船一到岸边,他就倒下了。岛拉啊,你脚边淌着你兄长的鲜血,你真是悲痛难言!

这时,巨浪击破了小船,阿玛尔奋身纵入大海,不知是为救他的岛拉,还是自寻短见。霎时间狂风大作,白浪滔天,阿玛尔沉入海底,一去不返。

只剩我一人在海浪冲击的悬崖上,听着女儿的哭诉。她呼天抢地,我身为她的父亲,却无法救她脱险。我整夜伫立在岸边,在淡淡的月光里看见她,听着她的呼喊。风呼呼地吼,雨唰唰抽打山岩。不等黎明到来,她的喊声已经微弱;当夜色在草丛中消散,她已经气息奄奄。她在悲痛的重压下死去了,留下了我阿明孤苦一人!我的勇力已在战争里用光,我的骄傲已被姑娘们耗尽。【写作借鉴:此处细致地描述出岛拉在大

143

少年维特的烦恼

海中苦苦挣扎,最终奄奄一息的情景。通过让悲剧直接呈现在读者面前,增添了故事的悲剧色彩,让读者的情感更加投入。】

每当山头雷雨交加,北风掀起狂澜,我就坐在发出轰响的岸边,遥望那可怕的巨岩。在西沉的月影里,我常常看见我孩子们的幽魂,时隐时现,缥缥缈缈,哀伤而和睦地携手同行……

两行热泪从绿蒂的眼中滚了出来,她心里感觉轻松了一些,维特却再也念不下去了。他丢下诗稿,抓住绿蒂的手,失声痛哭。【名师点睛:两人为诗中的人物感到悲伤,说明两人在文学上的共鸣。】

绿蒂的头靠在他的另一只手上,用手绢捂住了眼睛。他俩的情绪激动得真叫人害怕。对那些高贵的人的遭遇,他们有着相同的感受,他们的泪水在一起交融,他俩靠得更紧了。

维特灼热的嘴唇和眼睛,全靠在了绿蒂的手臂上。她猛然惊醒,心里想要站起来离开。可是,悲痛和怜悯却使她动弹不得,她的手脚如同铅块一般沉重。她喘息着,哽咽着,请求他继续念下去。她这时的声音之动人,好似天上的仙音!维特浑身哆嗦,心都要碎了。他拾起诗稿,断断续续地念道:

春风啊,你为什么把我唤醒?你向我献媚,向我低吟:"我要用天上的甘露把你滋润!"但是我凋谢的岁月已经逼近,狂风会刮得枯叶飘零!明天有位旅人将要来临,他曾见过我美丽的青春,他的眼睛会在原野上找寻,但是不会再找到我的身影……

这几句诗的魔力,一下子攫住了不幸青年的心。他完全绝望了,一头扑在绿蒂脚下,抓住她的双手,把它们先按在自己的眼睛上,再按在自己的额头上。绿蒂呢,心里也一下子闪过维特会做出什么可怕事情的预感,神志顿时昏乱起来,抓住他的双手,把它们贴在自己的胸口上，激动而伤感地弯下身子，两人灼热的脸颊依偎在一起了。世界对于他们来说已不复存在。【名师点睛：两人对彼此的情感再也无法克制，情不自禁地拥抱在一起。】

维特用胳膊搂住她的身子，把她紧紧地拥抱在怀中，同时疯狂地吻起她颤抖的、嗫嚅（niè rú）[形容想说而又吞吞吐吐不敢说出来的样子]的嘴唇来。

"维特！"她用窒息般的声音喊道，极力想把头扭开。

"维特！"她用软弱无力的手去推开他和她紧贴在一起的胸口。

"维特！"她再次喊道，声音克制而庄重。【名师点睛：绿蒂很快冷静了下来，试图让维特恢复理智。】

维特不再反抗，从怀里放开了她，疯了似的跪倒在她脚下。她站起来，对他既恼又爱，身子不住地哆嗦，心里更加惊慌迷乱，只说："这是最后一次，维特！你再别想见到我了！"说完，向这个可怜的人投了深情的一瞥，便逃进隔壁房中，把门锁上了。

维特向她伸出手去，但没能抓着她。随后他仰卧在地上，头枕着沙发，一动不动地待了半个多小时，直到一些响声使他如梦初醒……

女仆进来收拾桌子，准备开饭了。

维特在房中来回踱着，等发现又只剩下他一个人了，才走到通向隔壁的房门前，轻声唤道："绿蒂！绿蒂！只再说一句话！一句告别的话！"

绿蒂没有出声。他等待着，请求着，再等待着，最后才扭转身，同时喊出："别了，绿蒂！永别了！"【名师点睛：维特隔着一道门，和绿蒂告别。】

维特来到城门口。守门人已经和他很熟了，一句话也没问便放他出了城。野地里雨雪交加，直到夜里十一点，他才回家敲门。

年轻的仆人发现，主人进屋时头上的帽子不见了。他一声没敢

145

▶ 少年维特的烦恼

吭,只侍候维特脱下已经湿透的衣服。事后,在深谷的悬崖上,有人捡到了他的帽子。让人难以想象的是,他怎能在漆黑的雨夜登上高崖,竟没有失足摔下去。

他上了床,睡了很久很久。翌日清晨,仆人应他的呼唤送咖啡进去时,发现他正在写信。他在致绿蒂的信上又添了下面的一段。

这是最后一次,这是我最后一次睁开眼睛。唉,它们再也看不见明天的太阳了,因为太阳被一个阴暗的雾蒙蒙的日子遮没了。大自然,请你哀悼吧!你的儿子,你的朋友,你的爱人,他已走到生命的尽头了。绿蒂,一个人在对自己说"这是最后一个早晨"时,这是一种无可比拟的感觉,只有朦胧的梦幻和它最接近,我对自己说:这是最后一个早晨了。【名师点睛:维特的艺术天赋让他在最后一个早晨展开梦幻般的畅想。】

最后一个!绿蒂啊,我真完全不理解这个什么"最后一个"!难道此刻,我不是还身强力壮地站在这儿吗?可是明天我就要倒卧尘埃,了无生气了啊。

死!死意味着什么?你瞧,当我们谈到死时,我们就像在做梦。我曾亲眼看见过一些人怎样死去,然而人类生来就有很大的局限,他们对自己生命的开始与结束,从来都是不能理解的。眼下还存在我的,你的!你的,啊,亲爱的!可再过片刻……分开,离别……说不定就是永别了啊!不,绿蒂,不……我怎么能逝去呢?你怎么能逝去呢?我们不是还存在着吗?逝去……这又意味着什么呢?这不过只是一个词儿!一个没有意义的声音罢了!我才没心思管它哩……死,绿蒂,就是被埋在冰冷的黄土里,那么狭窄,那么黑暗!

我曾有一个女友,在我茫然的少年时代,她就是我的一切。后来她死了,我跟随她的遗体去到她的墓旁,亲眼看见她的家人把她的棺木放下坑去,抽出棺下的绳子,然后便开始填土。土块落在那可怕的匣子上,咯咯直响,响声越来越沉闷,到最后整个墓坑都被填了起来!【名师点睛:维特回忆起女友的葬礼,心中升起无限悲凉和痛楚。】那时我忍不住一下子扑到墓前……心痛欲裂,悲恸号啕,震惊恐惧到了极点。尽管如此,却不明白出了什么事,会出什么事……死亡!坟墓!这些词我当时真的是不理解啊!

原谅我吧!原谅我昨天的鲁莽!这应该是我生命的最后一刻了。你这天使呀!第一次,第一次在我心灵深处洋溢着狂欢的感觉:她在爱我!从你嘴唇上流出的神圣的火焰还在我的嘴唇上燃烧,我的心中还保留着新鲜的、温暖的欢乐。【名师点睛:意识到绿蒂也爱自己,维特感到幸福,觉得自己死而无憾。】

啊,我早就知道你是爱我的,从一开始你对我的几次热情顾盼中,在我俩第一次握手时,我便知道你是爱我的。可后来,当我离开了你,当我在你身边看见阿尔贝特时,我又产生了怀疑,又焦灼又痛苦。

你还记得你给我的那些花吗?在那次令人心烦的聚会中,你不能和我交谈,不能和我握手,便送了这些花给我,我在它们面前跪了半夜,它们使我确信了你对我的爱啊!可是,唉,这些印象不久便淡漠了,正如一个受领了包含在圣餐中的恩赐而内心无比幸福的基督徒,他那蒙受上天恩赐的幸福感也会渐渐从心中消失一般。

这一切都过去了,但是昨天我在你嘴唇上感到的炽热的生命之火是永远不会熄灭的,你爱我!我这条胳膊拥抱过你,我这两片嘴唇在你的嘴唇上颤动过,我这张嘴巴曾经对着你的嘴巴低声细语。你是我的!你是我的!绿蒂,你永远是我的!【名师点睛:在自杀前,维特回忆起了和绿蒂相处的快乐时光,由此也表现出维特对绿蒂深切而执着的感情。】

阿尔贝特是你的丈夫,那又怎么样呢?丈夫!难道我爱你,想把你从他的怀抱中夺到我的怀抱中来,就是罪孽吗?罪孽!好,为此我情愿受罚,但我已经尝到了这个罪孽的全部甘美滋味,已经把生命的琼浆和力量吸进了我的心里。从这一刻起你便是我的了!我的了,啊,绿蒂!

147

少年维特的烦恼

我要先去啦,去见我的天父,你的天父!我将向他诉说我的不幸,他定会安慰我,直至你到来。那时,我将奔向你、拥抱你,将当着无所不在的上天的面,永远永远地和你拥抱在一起。

<u>我不是在做梦,也不是在说胡话!在即将进入坟墓之时,我的心中更加了。我们会再见的!我将会见到你的母亲!我会见着她的,找到她,啊,在她面前倾吐我的衷肠!因为你的母亲,她和你本是一样的呀!</u>【名师点睛:直至死亡,维特都没有忘记绿蒂想成为和她母亲一样的人。】

将近十一时,维特问他的仆人,阿尔贝特是否已经回来了。仆人回答"是的",他已看见阿尔贝特骑着马跑过去。随后,维特递给他一张没有用信封装的便条,内容是:

维特向阿尔贝特借手枪,他打算出门远行。

可爱的夫人昨晚上迟迟未能入眠,她所害怕的事情终于被证实了,以她不曾预料、不曾担心过的方式被证实了。她那一向流得平稳轻快的血液,这时激荡沸腾开来,千百种情感交集着,把她的芳心给搅得乱糟糟的。这是维特在拥抱她时传到她胸中的情义的余焰呢?还是她为维特的放肆失礼而生气的怒火呢?还是她把自己眼前的处境和过去无忧无虑、天真无邪、充满自信的日子相比较,因而心中深感不快呢?叫她怎么去见自己的丈夫呢?叫她怎样向他说清楚那一幕啊?

他们夫妇之间已经缄默不言很久,是不是应该由她首先打破这种沉默,即使没有合适的时机,也让他出乎意料地发觉这种秘密?光是维特来访的消息,就已经让她怕他心中不悦,何况是这种料想不到的灾难!<u>她还能够希望丈夫完全用正确的眼光看待她,完全不带偏见地接受她吗?她还能够希望他看透她的灵魂吗?</u>她在丈夫面前总是像一块水晶玻璃一样清澈透明,从未隐瞒自己的感情,现在还能够向他掩饰吗？她左思右想，都觉得不妥，感到为难。她的念头一再转到维特身上，她是失去他了，她不能离弃他，可惜又必须离弃他。至于他呢？他一旦失去了她，他便什么也不剩了。【名师点睛：这里主要讲述了绿蒂此时的两难处境，一边是丈夫，另一边是知己，她不知如何抉择。"她的念头一再转到维特身上"，说明她已经不由自主地喜欢上维特了。】

她当时还不完全清楚，那在她和阿尔贝特之间出现的隔膜，对她来说是个多么沉重的负担。两个本来都是如此理智、如此善良的人，开始由于某些暗中存在的分歧而相对无言了，各自都在心头想着自己的是和对方的非，情况被越弄越复杂，越弄越糟糕，以致到头来变成了一个压根再也解不开的死结。若他俩能早一些讲清楚，他俩之间互爱互谅的关系能早一些恢复，心胸得以开阔起来，那么，在此千钧一发的关头，我们的朋友也许还有救。

此外，还有一个特殊情况。我们从维特的信中知道，维特是从来不讳言自己渴望离开这个世界的。对于这个问题，阿尔贝特常常和他争论，绿蒂和她丈夫之间也不时谈起。阿尔贝特对自杀的行为一贯深恶痛绝，不止一次一反常态地激烈表示，他很有理由怀疑维特的这个打算是认真的，甚至还以此开过维特几回玩笑，也把自己的怀疑告诉过绿蒂。【名师点睛：维特有自杀的倾向，这让绿蒂更加担心。】这使绿蒂在想到那种可能会出现的悲剧时更加忧虑不安，但又叫她难于启齿，向丈夫诉说眼下正折磨着她的苦恼。

阿尔贝特回到家，绿蒂急忙迎上去，神色颇有些窘迫，他呢，事情没有办好，碰上邻近的那个官员是个不通情理的小气鬼，心头也不痛快，加之道路又很难走，更使他火冒三丈。

他问："家里有过什么事情吗？"她慌慌张张地回答道："维特昨晚来过。"他又问有没有信件，他听到的回答是：信件和邮包都

▶ 少年维特的烦恼

放在书房里。他走进去了，绿蒂一个人留下。她爱自己的丈夫，也尊敬他，他的出现在她心中产生了一个新的印象。想到他的宽宏大量，想到他的爱情和善良，她的心情渐渐平静下来了；她感到有一股神秘的吸力吸引她跟了他去，她像往常一样，拿了活计向他的书房走去。她看见他正忙着打开邮包，阅读着，有些内容似乎使他不高兴。她问了他几句，他简短地回答了，坐在写字台旁书写着。

夫妇俩这么在一起待了一个钟头，绿蒂的心中越来越阴郁。她这会儿才意识到，丈夫的情绪就算再好，自己也很难把压在心中的事向他剖白。绿蒂陷入了深沉的悲哀之中。与此同时，她却力图将自己的悲哀隐藏起来，把眼泪吞回肚子里去，这更令她加倍难受。

维特的仆人一来，她简直狼狈到了极点。仆人把维特的便条交给阿尔贝特，他读了便漫不经心地转过头来对绿蒂道：

"把手枪给他。"随即对维特的仆人说，"我祝他旅途愉快。"【名师点睛：阿尔贝特非常高兴维特能离开，可还是装作大方的样子。】

这话在绿蒂的耳里犹如一声响雷。她摇摇晃晃地站起来，几乎不知道自己在干什么。她一步一步挨到墙边，哆哆嗦嗦地取下枪，擦去枪上的灰尘，迟疑了半晌没有交出去。要不是阿尔贝特用询问的目光逼着她，她必定还会拖很久很久。她把那不祥之物递给仆人后，一句话也讲不出来。

仆人出门去了，她便收拾起自己的活计，返回房中，心里却七上八下，说不出有多么忧虑。她预感到会有某种可怕的事情发生。【名师点睛：绿蒂心中的忧虑更重了，她担心自己害怕的事变成真的。】因此，过了一会儿，她决心去跪在丈夫脚下，向他承认这一切，承认昨天晚上发生的事，承认她的过错以及她的预感；一会儿，她又觉得这样做不会有好结果，她能说服丈夫去维特那儿的希望微乎其微。这时，晚饭已经摆好了；她的一个好朋友来问点什么事情，原打算马上走的，结果却留了下来，使席间的气氛变得轻松了一些。绿蒂控制住自己，大伙儿谈谈讲讲，不知不觉时间就过去了。

仆人拿着枪走进维特的房间，维特听说是绿蒂亲手交给他的，喜出望外，便一把夺了过去。【名师点睛："夺"字在这里用得很传神，表明了维特内心的急迫，在知道是绿蒂亲手转交给他这把枪后，维特的内心起了波澜，这为下文的发展埋下了伏笔。】他叫人端来了面包和酒，要仆人自己吃饭去，然后坐下来写信。

手枪曾经过你的手，你还擦去了上面的灰尘，我把它吻了一遍又一遍，因为你曾接触过它。绿蒂啊，我的天使，是你，让我成全我自己的决心更加坚定！是你，绿蒂，是你把枪交给了我，我曾经渴望从你手中接受死亡，如今我的心愿得以满足了！噢，我盘问过我那小伙子，当你递枪给他时，你的手在颤抖，你连一句"再见"也没有讲！

唉！唉！连一句"再见"也没有！难道为了那把我和你永远联结起来的一瞬，你就把我从心中放逐出去了吗？绿蒂啊，哪怕再过一千年，也不能消除这印象啊！我感觉到，你是不可能恨一个如此热恋你的人的。
【名师点睛：维特将与绿蒂拥抱的一瞬，永存在心中，至死不灭。】

饭后，维特叫仆人把行李全部捆好，自己撕毁了许多信函，随后出去清理了几桩债务。事毕回到家后，不多会儿又冒雨跑出门去，走进已故的伯爵的花园里，在这废园中转来转去，一直流连到了夜幕降临，才回家来写信：

威廉啊，我已最后一次去看了田野，看了森林，还有天空。你也多珍重吧！亲爱的母亲！请原谅我！威廉，为我安慰安慰她啊！愿上天保佑你们！我的事情已经全都料理好。别了！我们会再见的，到那时将比现在欢乐。【名师点睛：维特照顾了所有人的情绪，却不会自我排遣。朋友、亲

151

▶ 少年维特的烦恼

人都受到了他的祝福。】

　　阿尔贝特,我对不起你,你原谅我吧。我扰乱了你们家庭的安宁,使你们两人不和。别了!我要结束这个局面了。哦,但愿我的死亡会给你们带来幸福!阿尔贝特!要使这位天使幸福呀!愿你们幸福!【名师点睛:维特衷心祝愿阿尔贝特和绿蒂生活得幸福,这也是他选择死亡的原因之一。】

　　晚上,他又在自己的文书中翻了很久,撕碎和烧毁了其中的许多信件。然后,他在几个写着威廉地址的包裹上打好漆封。包内是些记载着他的零星杂感的短文,我过去也曾见过几篇。十点钟,他叫仆人给壁炉添了柴,送来一瓶酒,随即便打发仆人去睡觉了。仆人和房东的卧室都在离得很远的后院,仆人一回去便和衣上床睡了,以便第二天一大早就去伺候主人,他的主人讲过,明天六点以前邮车就要到门口来。

夜里十一点以后

　　周围万籁无声,我的心里也同样宁静。我感谢上天,感谢上天在我生命的最后的时刻赐给我如此多的温暖和力量。【名师点睛:在生命的最后一刻,维特反而获得了内心的平静,感受这世界带给他的温暖和力量。】

　　我走到窗前,仰望夜空。我亲爱的朋友啊,透过汹涌的、急速掠过头顶的乌云,我仍看见在茫茫的空际中有一颗颗明星!不,你们不会陨落的!永恒的主宰在他心中托负着你们,托负着我。我看见了群星中最美丽的北斗星。每当我晚上离开你,每当我跨出你家大门,它总是挂在我的头上。望着它,我常常如醉如痴啊!我常常向它举起双手,把它看成是我眼前幸福的象征!

　　还有那……啊,绿蒂,什么东西不会叫我想起你呢?在我周围无处没有你!不是吗,我不是像个小孩子似的,把你神圣的手指碰过的一切小玩意儿,都贪得无厌地占为己有吗?

　　心爱的剪影呀!我把它遗赠给你,绿蒂!我请求你珍藏它。我曾经无数次地在它上面印上我的亲吻,我每次出门或回家时,曾经多次地向它挥手致意。

　　我给你的父亲留下一封短信,恳求他保护我的遗体。教堂的墓地上有两株菩提树,在后面的角落,面向着田野,我愿意在那儿长眠。他能够替他的朋友办这件事,请你也向他央求一声吧。我不会要求虔诚的基督徒让他们的遗体躺在一个可怜的不幸者的近旁。我倒愿意你们把我埋葬在路旁,或者埋在幽僻的山谷里,好让过往的人能在我的墓碑前祝福,好心人能洒下几滴泪水……

　　时间到了,绿蒂!我捏住这冰冷的枪柄,心中毫无畏惧,这仿佛只是端起一个酒杯,从这杯中,我将把死亡的酒来痛饮!是你把它递给了我,我还有什么可犹豫的。一切的一切,我生活中的一切希望和梦想就此得到了圆满!此刻,我可以冷静地、无动于衷地去敲开死亡的铁门了。

　　绿蒂啊,只要能为你死,为你献身,那么我就是幸福的!我乐意勇敢而愉快地死去,只要我的死能给你的生活重新带来宁静和快乐。<u>可是,唉,人世间愿意为自己的亲眷抛洒热血,以自己的死在他们的朋友中鼓起新的、信心百倍的生之勇气的高尚之人很少。</u>【名师点睛:为自己的亲人抛洒热血是一种高尚的行为,维特是这样认为的。他践行了自己的观念。】

　　我愿意就穿着这身衣服下葬。因为你曾接触过它们,是你使它们变得神圣了;我也为此求了你的父亲。我的灵魂将在棺材上空飘荡。这个浅红色的蝴蝶结,我第一次在你幼小的弟妹们中间见到你时,是你系在胸前的。唉!代我吻他们上千次,把他们不幸的朋友的命运告诉他们吧。亲爱的孩子们!他们是怎样围聚在我身边的呀!从我第一次见到你的时候就再也离不开你了,我的心牢牢地系在你的身上,再也没法解脱了!

▶ 少年维特的烦恼

　　我希望把这个蝴蝶结和我葬在一起,它还是在我过生日那天,你送给我的哟!我真是如饥似渴地接受了你的一切!没想到,唉,我的结局竟是这样……镇静一点吧!我求你,镇静点吧……

　　子弹已经装好了……钟正敲十二点!就这样吧!……绿蒂!永别了!永别了!

　　有位邻居看见火光闪了一下,接着听见一声枪响,但是随后一切复归于寂静,便没有再留意。

　　第二天早上六点,仆人端着灯走进房来,发现维特躺在地上,身旁是手枪和满地的血。他唤维特,扶维特坐起来,维特一声不答,但是还在喘气。仆人跑去请大夫,通知阿尔贝特。绿蒂听见门铃响,浑身顿时战栗起来。她叫醒丈夫,两人一同起来,维特的年轻仆人哭喊着,结巴着,报告了凶信。绿蒂一听便昏倒在阿尔贝特跟前。

　　大夫来了,看见这不幸的人,躺在地上,已经没救了,脉搏虽然还在跳动,四肢已经完全不能动弹了。大夫不必要地割开他胳膊的一根血管放血,血流淌着,可他仍有呼吸。

　　从靠椅扶手上的血迹断定,他是坐在书桌前完成此举的,随后却掉到地上,痛得围着椅子打滚。最后,他仰卧着,面对窗户,再也没有动弹的力气。此刻,他穿的仍是那套他心爱的服装:长筒皮靴,青色燕尾服,再配上黄色的背心。【名师点睛:维特用自己认为最体面的方式离开了这世界,这是他无悔的选择。他的执着让人动容。】

　　同屋,邻居,市镇,全都惊动了。阿尔贝特走了进来,维特已经被放在床上,额上已经包扎,面如死灰,手脚一动不动。肺部仍发出可怕的咕咕声,时轻时重;大家都在等待他生命结束。

　　昨夜要的酒他只喝了一杯,书桌上摊开着一本德国作家莱辛的《艾米莉亚·迦洛蒂》。

　　关于阿尔贝特的震惊和绿蒂的悲恸,就不用我多讲了。

法官闻讯匆匆赶来，泪流满面地亲吻着垂死的维特。他的几个大一点的儿子也接踵而至，一齐跪倒在床前，放声大哭，吻了吻他的手和嘴。尤其是平日最得维特喜欢的老大，更是一直吻着他，直至他断气，大家才把这孩子强行拖开。【名师点睛：维特的离去不止让绿蒂伤心，也让孩子们无比悲伤。】维特断气时间是正午十二点，由于法官亲临现场并做过布置，才防止了市民的骚乱。

夜里十一点，法官吩咐把维特安葬在他自己选定的地方。法官和他的儿子跟在遗体后面，为维特送葬。阿尔贝特没能来，他正在为绿蒂的生命担心。维特的遗体由几位工匠抬着，没有一个教士为他送葬。【名师点睛：当时的社会，神职人员不给自杀者安葬。维特的葬礼异常悲凉，犹如他无人理解的精神世界，他是孤独的，伟大的思想者历来是孤独的。】

知识考点

1. 选择题。

(1)维特死后，书桌上摊开的书是以下哪一本？（　　）

A.《荷马史诗》　　　　　　B.《圣经》

C.《艾米莉亚·迦洛蒂》　　D.《荷马选集》

(2)维特是在什么节前夕自杀的？（　　）

A.复活节　　B.感恩节　　C.万圣节　　D.圣诞节

2. 判断题。

(1)《少年维特的烦恼》是一部书信体小说。（　　）

(2)阿尔贝特亲自将手枪送给了维特。（　　）

(3)在猎庄绿蒂的房间里，维特给绿蒂读了莪相的诗歌。（　　）

(4)绿蒂给维特介绍了一位女性朋友。（　　）

▶ 少年维特的烦恼

3. 问答题。

在全书中，你最喜欢的人物是谁？为什么？

_____

_____

阅读与思考

1. 绿蒂为什么觉得身边的女友没一个配得上维特？

2. 维特死后，周围人是什么反应？

3. 维特的悲剧命运和他的性格有什么关系？

《少年维特的烦恼》读后感

  最近,读了德国大文豪歌德的代表作《少年维特的烦恼》,我感触颇多。

  《少年维特的烦恼》讲述了市民阶层少年维特的点滴生活:维特放弃一切,带着父亲留下的遗产去了小山村,去享受大自然,去感受花木之美。看得出,他是一个追求艺术、热爱生活的人,特别是书中对维特看到大自然的那种欣喜之情的描写,让我久久不能忘怀。可是,他哪儿来的烦恼呢?原来,他深爱的女人绿蒂已有未婚夫,但他对绿蒂的爱已深入骨髓,让他无法割舍。这是他给自己的生活犯下的第一个错。为什么这么说呢?因为绿蒂温柔知性,待人善良,在维特心中是美的化身,是他精神的寄托,但绿蒂已经拥有未婚夫的事实让维特迷失了正确的方向,让他受到了五雷轰顶般,甚至是绝望般的打击,使他沉迷于痛苦中无法自拔。

  最后,因受不了职场上的排斥和社会的冷眼,且得知生活中同他一样为情所困的青年农民因爱生仇而杀人后,维特的内心彻底崩溃了。在听到绿蒂一遍一遍地祈求还她安宁的生活后,维特选择了永远离开!维特的精神世界是渴望自由、张扬自我的,可现实生活与之恰恰相反,爱情与事业的双重失败,让他的自尊心早就不堪一击,一碰即碎。

  归根结底,在我的眼中,维特是一个好少年,可是他不会把握自己的生活,不会正确地抉择自己的命运,没有为自己的生活画龙点睛,反而误入歧途。面对困难,他有过挣扎,却没有用行动去

▶ 少年维特的烦恼

争取去改变，最终走向了灭亡。

生活不可能永远是风平浪静的，总会有波澜起伏，时有陡峭的山峰，时有低落的崖谷。要想拥有美好的生活，就要靠自己去努力，靠自己去奋斗，要知道没有人天生有义务帮我们。维特的内心向困难屈服，使得生活也因为他的胆怯而惋惜地停止前行……

我想，在读这本书时，很多人会产生共鸣。这个世界上像维特这样的人很多，当他们感觉找不到出路时，不妨看看这本书，以维特为鉴，以求得精神的解脱。当然，我绝不赞成人们学维特用极端的方式，轻易地结束自己的生命。人生的苦闷虽多，但只要懂得自我排解，勇敢地寻求生命的欢乐与意义，我们就一定能战胜人生的挫折，得到新的幸福。

参考答案

上 篇

5月17日

知识考点

1. 品尝佳肴 酣饮醇醪 安排郊游 组织舞会
2. (1)√ (2)×
3. 因为法官的妻子去世了,原来官邸的景物会让他睹物思人,触景伤情。

5月27日

知识考点

1. 三 瑞士 遗产
2. (1)× (2)√
3. 刻画了村民们纯朴善良、孩子们天真无邪的特点。

6月16日

1. 彬彬有礼 十五 毛毛躁躁、漫不经心
2. (1)√ (2)×
3. 维特听到阿尔贝特的名字后感到心烦意乱,魂不守舍,跳舞时插到另一对舞伴中去了。

7月1日

知识考点

1. 老牧师 弗丽德莉克 欢乐和悲苦 心情不佳
2. (1)√ (2)√
3. 坏心情不仅影响自己的情绪,还会让周围的人心情不佳。让自己的情绪影响到他人,是一种暴君行为,因为这种行为掠夺了别人心里自动萌发的单纯的快乐。我们能做的就是让周围的朋友获得快乐,增加幸福。

7月30日

知识考点

1. 十分善良 十分高尚 冷静 敬重之情
2. (1)√ (2)×
3. 这些心理活动主要描写了维特的艰难抉择和内心的痛楚,也拉开了维特烦恼的序幕。

少年维特的烦恼

8月12日

知识考点

1.阿尔贝特　手枪

2.(1)×　(2)√

3.示例:我同意阿尔贝特的观点。维特的观点比较执拗、偏激,接近于疯狂。阿尔贝特的观点比较理性。人不应该有极端的思想,应该珍惜生命,远离危险,好好把握时间,让生活过得有意义、有价值。(答案不唯一,合理即可)

9月10日

知识考点

1.阿尔贝特　绿蒂　绿蒂

2.(1)×　(2)√

3.绿蒂是家中九个孩子中的老大,母亲去世后她要担任母亲的角色,照顾八个弟妹;还要兼顾父亲的感受,为家庭操持家务。这样的生活重担使她拥有了善良、乐观开朗、善解人意的性格。

下　篇

1771年10月20日

知识考点

1.缺陷　步履踉跄　又张帆又划桨　自身的价值

2.(1)×　(2)√

3.环境死气沉沉、腐朽堕落;维特不够世故和圆滑,不会像别人那样趋炎附势。

12月24日

知识考点

1.少用一个"和"字　几个倒装句　无法看明白

2.√

3.文章嘛写得倒挺好,不过,您不妨再看看,每看一遍总可以找到一个更好的句子,一个更合适的词语。

3月15日

知识考点

1.掷骰子　阿德林

2.(1)×　(2)×

3.这次聚会对维特产生了很坏的影响:维特自己不高兴,平民们对他的看法也改变了,他们怜悯他、挖苦他。这使维特火冒三丈的同时,也更增加了他的烦恼。

3月24日

知识考点

1.感情自由　个性解放　低人一等

2.(1)×　(2)×

3.维特辞职后,决定到某侯爵的猎庄去和侯爵共度明媚的春天。

有关信息

9月4日

知识考点

1. 热诚 纯真的情感 被教养成了一无可取的人
2. (1)× (2)√
3. 女东家拒绝了青年农民,她的弟弟撵走了青年农民。

9月15日

知识考点

1. 发疯 眼中噙满了泪水 新牧师的太太 自命博学的蠢女人
2. (1)√ (2)×
3. 因为树叶掉下来会弄脏弄臭她的院子,树顶会挡住她的阳光,还有胡桃熟了孩子们会扔石头去打等等。她觉得这些都有害于她的神经,妨碍她专心思考和研究神学。

11月30日

知识考点

1. 十分有趣 坦率善良 两团发髻 一条粗辫子
2. (1)× (2)√
3. 疯子在精神失常前善良又沉静,有孝心,能写得一手好字。后来,他突然变得非常忧郁,接着又发了一次高烧,从此便疯了。

12月6日

知识考点

1. 瓦尔海姆 绿蒂 阿尔贝特 阿尔贝特 不安 绝望
2. (1)× (2)× (3)√ (4)×
3. 维特是一个极具艺术天赋、崇尚人类平等与自由的文人。在他对绿蒂的情感之中,我们可以感到他的热烈与激情,尽管这段感情是违背伦理的。再次回到瓦尔海姆后,维特陷入了与自己情感的抗争中,他在理智与本能之间挣扎,最后崩溃、绝望、厌世。敏感脆弱的维特,经历了事业和爱情的双重打击之后,抱着满心的伤痛走向毁灭。

编者致读者

12月20日

知识考点

1. (1)C (2)D
2. (1)√ (2)× (3)√ (4)×
3. 示例:我最喜欢的人物是绿蒂。因为她美丽、聪明、善良、温柔、能干,是一位十分有魅力的姑娘。她还会操持家务;在与维特的交往中,能保持冷静,克制情感。

161